SIX HOMMES MORTS

Né en 1908 à Liège, S.A. Steeman, après une collaboration de cinq romans avec Saintair, décide de se consacrer seul à l'écriture policière. Vingt-sept de ses romans ont pour héros Wenceslas Vorobeitchik, alias M. Wens, et les plus célèbres d'entre eux ont donné lieu à des films non moins célèbres, que ce soit *L'assassin habite au 21* — sans M. Wens —, ou *Quai des Orfèvres*. Surnommé par Cocteau le « Fregoli du roman policier », Steeman a remporté le second Grand Prix du Roman d'Aventures en 1930. Il est mort en 1970.

DU MÊME AUTEUR

DANS LE MASQUE :

L'ASSASSIN HABITE AU 21
SIX HOMMES MORTS
(Prix du Roman d'Aventures 1931)
QUAI DES ORFÈVRES
UN DANS TROIS
L'ENNEMI SANS VISAGE
LE CONDAMNÉ MEURT À CINQ HEURES
CRIMES À VENDRE
LE MANNEQUIN ASSASSINÉ
LA MORTE SURVIT AU 13
LA NUIT DU 12 AU 13
LE TRAJET DE LA FOUDRE
LE DÉMON DE SAINTE-CROIX
POKER D'ENFER

DANS LE CLUB DES MASQUES :

L'ASSASSIN HABITE AU 21

STANISLAS-ANDRÉ STEEMAN

SIX HOMMES MORTS

(LE DERNIER DES SIX)

LIBRAIRIE DES CHAMPS-ÉLYSÉES

I

« LE MONDE EST À NOUS! »

Senterre prit Perlonjour aux épaules et le fit entrer. Puis il l'entraîna vers le meilleur fauteuil de la pièce en disant :

– Asseyez-vous, mon vieux!

Il répéta avec émotion :

– Mon vieux...

Perlonjour jeta son chapeau et son trench-coat sur la table et s'assit. Senterre le regardait avidement.

– Eh bien? fit-il.

Mais Perlonjour ne répondit pas.

Cinq années d'aventures s'étaient révélées impuissantes à le vieillir. Il avait toujours les mêmes cheveux blonds indociles, le même front têtu, le même froid regard bleu, et cet air boudeur, renfrogné, propre à décourager les meilleures volontés.

Senterre eût aimé serrer dans ses bras cet ami retrouvé. Mais quelque chose le paralysait, l'empêchait d'aller à Jean, de l'attirer à lui. Au vrai, il n'osait pas. Sous le regard direct de Perlonjour qui semblait poser sans cesse quelque pressante question, Senterre se morfondait, tirait sur ses manchettes, cherchait ses mots, composait son personnage. Cinq ans, cependant!...

– Vieux fou, cher vieux fou, que je suis donc content de te revoir! dit-il sans chaleur.

– Moi aussi, je suis content, répondit poliment Perlonjour.

– Tu n'as guère changé... Le visage moins rond, les yeux plus clairs... Le coffre, me semble-t-il, plus solide... C'est tout.

– Oui, dit Perlonjour. C'est tout!

Il se leva, les mains dans les poches, et fit le tour de la pièce. On le sentait incapable de sacrifier longtemps au repos :

– Depuis quand es-tu là?

– Depuis huit jours... Non, neuf, dit Senterre.

Perlonjour s'arrêta devant la fenêtre et, des doigts, battit une marche sur les carreaux embués. Sans se retourner, il interrogea :

– Réussi?...

Et sa voix parut hésitante, comme étranglée, à Georges Senterre.

– Oui, je... Je suis riche, Jean!

– Très riche, n'est-ce pas?

– Oui, très riche.

Perlonjour se retourna enfin, un pli amer aux lèvres.

– Je te félicite! dit-il.

Il ajouta, après un temps :

– Tu as toujours eu de la chance...

Senterre le regarda avec embarras, presque avec reproche. Il s'était fait d'une telle entrevue une idée toute différente. Il souffrait de ne pouvoir donner libre cours à son enthousiasme, de ne pouvoir célébrer, devant son ami, la grandeur de l'œuvre entreprise, de ne pouvoir, surtout, chanter son propre triomphe.

Soudain, il s'inquiéta :

– Mais toi?...

Perlonjour, impassible, tira de sa poche une unique cigarette qu'il alluma à l'aide d'un briquet de métal blanc.

– Moi?

Il envoya un rond de fumée au plafond :

– Pfft!... Nettoyé.

Et sans laisser à Senterre le temps de s'exclamer :

– Cela t'étonne? C'était pourtant à prévoir. J'ai eu des hauts et des bas, naturellement. Aujourd'hui...

Il haussa les épaules.

– Fort bien, dit Senterre. J'ai rapporté assez pour deux, trois, et même six!

Perlonjour secoua la tête :

– Non! Je te reconnais bien là, Georges, mais je refuse. D'ici huit jours, j'aurai repris la mer. Je ne voulais pas manquer au rendez-vous, mais...

Senterre frappa la table du poing.

– Oh! ferme ça! cria-t-il. As-tu oublié nos conventions?... Nous ne pouvions tous réussir, évidemment... Toi et moi, jusqu'à présent, ça fait une moyenne... Une honnête moyenne, je t'assure!

Il saisit la main de Jean et la serra fortement :

– Heur et malheur, t'en souviens-tu?... Notre devise!... Jean, raconte-moi.

Perlonjour secoua la tête :

– Rien, Georges. Rien. J'ai raté mon coup, voilà! Et je veux...

Son ton se fit âpre :

– Je veux être seul à en supporter les conséquences. S'il en est d'autres qui partagent mon sort, j'espère qu'ils agiront de même, qu'ils auront le bont goût de ne pas insister. Il serait sottement injuste que ceux qui ont réussi s'encombrent des autres. Tu es un chic type, mais il est parfaitement inutile d'insister.

– Idiot! gronda Senterre.

Il avait toujours été emporté et le refus de Perlonjour le mettait hors de lui :

– D'après nos conventions, conventions que tu as juré de respecter...

Mais son ami l'interrompit en posant la main sur son bras.

– Laisse donc! dit-il avec lassitude. Nous avons encore huit jours pour nous disputer. Et les autres seront peut-être revenus alors... Aujourd'hui, eh bien aujourd'hui, je suis heureux de te revoir...

Il dit cela avec son visage fermé, dur, boudeur, et Senterre oublia sur-le-champ jusqu'à la cause même de sa colère. Des cinq, Perlonjour était certes celui pour qui il éprouvait jadis le moins de sympathie, mais il ressentait en cet instant pour lui une véritable affection fraternelle qui ne laissait pas de l'embarrasser un peu et qu'il ne savait trop comment traduire.

L'horloge comptant huit coups lui fournit la transition cherchée.

– Tu as raison, dit-il. Soyons seulement, aujourd'hui, tout à la joie de nous revoir. 8 heures... Je t'emmène dîner au Boreal.

Les sourcils de Perlonjour se froncèrent :

– Le Boreal? Qu'est-ce que c'est que ça?

– Un restaurant chic, mon vieux... Peut-être y a-t-il longtemps que tu n'as mis les pieds dans un établissement de ce genre, toi qui les fréquentais assidûment jadis?

– En effet, il y a longtemps..., dit pensivement Perlonjour en saisissant son trench et son chapeau. Allons!

Cinq minutes plus tard, ils atteignaient la rue. La température était douce et la nuit tout éclaboussée par les pancartes lumineuses.

Les deux hommes respirèrent longuement et s'en furent côte à côte, d'un pas égal. Leur démarche était souple, élastique. Ils ne parlaient pas. C'eût été l'amoindrir que se communiquer le plaisir qu'ils éprouvaient à se retrouver dans une bonne vieille ville de la bonne vieille Europe, de porter des pantalons au pli impeccable, d'être rasé de frais, de n'avoir d'autre perspective immédiate qu'une soirée à passer dans un restaurant illuminé en écoutant, sans trop l'entendre, un air syncopé de jazz.

Sitôt la porte du Boreal franchie, Perlonjour se détendit. Lui et Senterre n'avaient pas manqué de faire une entrée remarquée et deux ou trois jeunes femmes, parées comme pour un sacrifice, avaient été jusqu'à incliner un peu la tête pour mieux voir ce couple de grands garçons aux carrures puissantes, au teint de cuivre, aux yeux pleins encore de ciels inconnus et qui semblaient venir tout droit d'Honolulu ou de Madagascar.

Une semaine avait suffi à Senterre pour se réadapter à la vie de la cité. Perlonjour, au contraire, éprouvait une volupté toute nouvelle à composer un menu, consulter le maître d'hôtel, s'informer des crus des bonnes années. A la fin, il n'y put tenir et demanda à changer de place avec Senterre, adossé au mur, pour embrasser la salle du regard et lorgner les élégantes tout à loisir.

– Il en est dont les robes sont plus émouvantes que les ciels de Chine! reconnut-il, navré.

La volonté qu'il avait de repartir sitôt arrivé, de reprendre la mer, subissait, il s'en rendait compte, le plus rude des assauts. Après le homard à l'américaine, il ne put s'empêcher, lui, le révolté, de trouver la vie belle et bonne, et, chose plus grave, de l'avouer à Senterre qui considérait son ami d'un œil attendri. Cette bouquetière, il semblait à Perlonjour qu'il la reconnaissait, comme ces femmes fardées, aux épaules nues, filtrant des regards de velours entre leurs paupières bleues, ce marchand de journaux allant hâtivement de table en table...

– Hep! dit Perlonjour. *Le Journal*!

Il jeta sur la première page un regard rapide, en diagonale, d'homme distrait ou pressé. Puis il plia la feuille et la fourra dans la poche de son veston :

– Pas mauvais, leur petit vin!... Ce n'est pas comme...

– Comme...? insista doucement Senterre.

– ... celui que nous buvions à Frisco! acheva Perlonjour, vaincu.

Et il se raconta.

Senterre l'écoutait avec ravissement. De temps en temps, un nom, parmi d'autres, partait comme une fusée, lui faisait courir le long du dos un agréable petit frisson. Lui aussi se souvenait, refaisait les étapes de ces cinq années passées à courir le vaste monde après la fortune.

Maintenant il l'avait atteinte, conquise. Il était revenu plus opulent qu'un prince d'Asie. Il était là, et les autres, les quatre autres, seraient bientôt là aussi. Avaient-ils réussi? Ou bien, comme Perlonjour?...

Une femme passa, son manteau de renard rejeté sur ses épaules, dans une bouffée de parfum.

« Le parfum d'Asuncion », enregistra machinalement Senterre.

Il revit la jeune femme assise en face de lui, dans le fauteuil où Perlonjour s'était assis deux heures plus tôt; il la revit dans sa robe de moire grise à volants, sa gorge d'ocre chaud barrée d'un rang de perles roses. Asuncion... Est-ce qu'il l'aimait? Hélas! cette femme n'était pas pour lui, ne serait probablement jamais à lui.

– Voilà! dit Perlonjour, au bout de sa confession.

– Mon vieux! Mon cher vieux! s'attendrit Senterre.

Sur la table, sa main avait saisi celle de Jean, la pressait.

– Garçon, cria-t-il.

Et, tout de suite après :

– Maître d'hôtel!

Repoussant sa chaise, il jeta un billet sur la nappe,

un billet dont la vue anima dans le regard fasciné de Perlonjour une petite flamme tôt éteinte :

– Payez-vous.

Quand ils sortirent, la nuit était tiède encore.

– Marchons un peu, proposa Senterre. Après, je te reconduirai en taxi... Tu es descendu à l'hôtel, je suppose?

– Oui.

– Tu viendras demain loger chez moi! Si, mon vieux, si! Je m'ennuie, tout seul. Nous attendrons les autres à deux. Dans quinze jours, au plus tard, ils seront tous là... Et pour peu que l'un d'eux rapporte autant que moi, alors...

Il se souvint de ce cri de guerre poussé par six gorges cinq ans auparavant. Son enthousiasme naturel le souleva, l'emporta. Il étreignit Perlonjour et cria :

– Alors, mon vieux, le monde est à nous!

Ils s'étaient arrêtés dans la lumière diffuse d'un réverbère, au haut de la rue. Senterre considéra la lune qui était en son plein, la fuite des toits vers le bas de la ville. Il répéta, la poitrine dilatée, conscient de sa puissance, conscient de leur puissance à tous les six :

– Le monde est à nous!

Perlonjour s'était adossé au réverbère. Ce dîner fin, ces vieux vins, l'atmosphère de serre chaude dans laquelle il venait de se retremper comme dans un bain lubrifiant, le soûlaient de joie et de fatigue.

– Eh bien? fit Senterre.

– Oh! je reste là! répondit Perlonjour. Je te jure que je reste là! Je suis absolument vanné...

Il avait tiré son journal de sa poche et s'en éventait, le tenant à deux mains. Soudain son regard se fixa, tandis qu'il rapprochait la feuille de son visage. Il tourna enfin vers Senterre des yeux emplis d'un douloureux étonnement.

– Bon Dieu! dit-il d'une voix sourde.

Du doigt, il montrait à son ami un article en dernière heure :

« L'AQUITAINE » EST ENTRÉ AUJOURD'HUI A MARSEILLE

Senterre saisit le journal et lut ce sous-titre :

Un accident marque la traversée.

– Quoi? Quoi? fit-il, saisi d'un obscur pressentiment.

Il scruta le visage morne de Perlonjour :

– Un des nôtres?... Dis?...

Perlonjour baissa la tête :

– Namotte... Lis.

Senterre sauta deux paragraphes et lut :

L'Aquitaine *avait quitté Port-Saïd depuis une heure et la nuit était tombée quand le cri tragique : « Un homme à la mer ! » retentit sur le pont supérieur. Un canot de sauvetage fut aussitôt mis à l'eau. Hélas ! malgré de longues recherches activement menées, on abandonna bientôt tout espoir de retrouver le passager tombé du bateau. La victime est un M. H. Namotte, retour de Pékin. On ne sait à quelle cause attribuer cet accident qui a singulièrement assombri la fin de la traversée.*

Livide, Senterre échangea un long regard avec Perlonjour.

– Henry..., murmura-t-il enfin avec effort. Pauvre vieux Henry!

Il y eut entre les deux amis un silence lourd, embarrassé. Puis Perlonjour, à son tour parla.

– Ils ont écrit *accident*, dit-il.

II

SIX JOYEUX GARÇONS

Cette nuit-là Georges Senterre dormit peu et mal.

C'est avec l'image de Henry sans cesse présente à

l'esprit qu'il se déshabilla et se coucha. Mais il avait beau clore les paupières avec une application d'enfant sage, se tourner sur le dos ou en chien de fusil, le sommeil le fuyait.

Une tristesse lourde, un abattement profond, avaient succédé à son alacrité de la soirée. Il se sentait étrangement oppressé. Il avait les nerfs à fleur de peau. La somptueuse image d'Asuncion, même, ne réussissait pas à effacer celle de Henry.

Senterre revoyait celui-ci roulant une cigarette entre ses doigts déliés, se laissant tomber dans un fauteuil avec une grâce nonchalante, se lissant les cheveux d'une main distraite... Henry... Qu'il l'avait aimé!... Et maintenant...

Se pouvait-il qu'il eût été victime d'un accident aussi stupide? Se pouvait-il que Namotte ne revînt pas, ne revînt plus jamais?...

C'était lui, leur aîné, qui avait eu cette idée, une nuit, après une partie de poker qui lui avait coûté ses derniers billets... Georges Senterre les revoyait tous les quatre, les voyageurs, et Perlonjour, et lui-même, dans ce petit salon rouge qui donnait sur le Parc des Princes et tout empli, à cette heure, de la fumée de cigarettes orientales. Namotte, le dernier « pot » enlevé, s'était dressé, vacillant un peu, car il avait beaucoup bu; il avait ouvert la fenêtre, relevé l'aiguille du phonographe qui distillait *She's funny that way* et, se retournant tout d'une pièce, avait questionné de sa voix profonde :

– Qu'en pensez-vous, vous autres? Est-ce que cela peut vraiment continuer comme ça?...

Et il n'y en avait pas eu un seul pour soutenir, sous son clair regard, que, vraiment, cela pût continuer « comme ça ».

Alors Namotte avait développé son idée. Ils partiraient tous les six de par le monde. Le lendemain, le surlendemain, dans huit jours ou dans quinze, ou bien dans trois semaines, si ce n'était dans un mois. Comme stewart, soutier, mécanicien, sans-filiste, émigrant, peu importe. Le tout était de partir. Le tout était de rompre toute attache avec le Vieux Monde, de renoncer à cette existence idiote, à ces obscurs labeurs nocturnes, le tout était de se fuir, de s'évader. Chacun de son côté besognerait ferme, à n'importe quoi, pendant cinq ans. Ils étaient jeunes tous les six : l'aîné, Namotte, avait trente-deux ans; le cadet, Perlonjour, vingt-quatre. Cinq ans, pour eux, au point où ils en étaient, qu'était-ce? L'occasion de voir les pays les plus beaux, les femmes dont on rêve, les sources des grands fleuves, les plantes qui poussent à l'envers, c'était l'occasion de collectionner quelques souvenirs pour le jour où la vieillesse viendrait. C'était l'occasion aussi, et surtout, de faire fortune... « Faire fortune » : mots magiques...

A l'aube, ils étaient tombés d'accord. Et ils avaient juré. Juré de respecter, quoi qu'il leur advînt, les conventions élaborées au cours de la nuit et dont la principale était la mise en commun de leurs apports, cinq ans plus tard. Ils étaient convenus également de se retrouver telle date à tel endroit... Les beaux moments que ç'avaient été là! Pour la mille et unième fois depuis cinq ans, Georges évoquait avec émotion les visages mâles de ses amis, de ces six joyeux garçons qui s'en étaient allés vers l'inconnu, les poches vides, les mains tendues, une chanson aux lèvres. Que d'espoirs nés de cette nuit de veille! Ils s'étaient quittés, ivres, échangeant pêle-mêle étreintes et serments, ignorant tout, attendant tout du lendemain.

Ils avaient été happés l'un après l'autre par les gares, les ports, les routes, brisant sans regret apparent avec leur passé. Aucun n'avait dû éprouver de regret, si ce n'est Gribbe et Perlonjour qui abandonnaient tous deux, dans un gai village, une maman déjà vieille à qui ils avaient pieusement caché la durée probable de leur absence. Toutes deux, les vieilles mamans, dans leurs vieilles maisons, avaient attendu, attendu, jamais résignées, nourrissant envers et contre tous l'espoir tenace de revoir un jour prochain « leur petit ». Et elles avaient si bien concentré toutes leurs forces, si parfaitement réussi à vivre au ralenti, qu'elles étaient toujours là, toutes deux, dans leur petite maison, menues et vaillantes, parées comme pour une fête, sursautant à chaque pas qui s'arrêtait devant leur seuil...

Senterre pensa que l'une d'entre elles allait enfin connaître sa récompense et se demanda avec une curieuse anxiété si l'autre, la maman de Gribbe, éprouverait bientôt un bonheur semblable... Où était Gribbe, maintenant? Et Tignol? Et Gernicot?...

Si l'un d'eux, comme Perlonjour, revenait en vaincu, allait-il donc s'insurger aussi, se refuser à bénéficier de l'effort tenace et triomphant des autres? Ce Perlonjour!... C'était par délicatesse, amitié, naturellement, qu'il avait repoussé l'offre de Senterre. Mais une convention est une convention, un serment un serment. Tous pour un, un pour tous! N'avaient-ils pas juré, juré devant Dieu, de partager le fruit de leur labeur de cinq ans?... C'était même cela qui les avait décidés tout à fait, convaincus qu'ils étaient que la malchance ne s'acharnerait pas sur eux tous, qu'il y en aurait au moins deux sur six qui reviendraient non plus riches seulement de leurs espérances, mais riches pour tout de bon, riches à la manière d'un Rothschild ou d'un Ford. « Plein aux as! » disait Namotte... Et Perlonjour semblait maintenant oublier cela, les serments solennels échangés dans la fièvre, leur union en quelque sorte sacrée... Ah! mais, Senterre saurait bien le réduire, Senterre et les autres – les trois autres : Gribbe, Tignol, Gernicot – qui débarqueraient dans quinze jours, dans huit jours, demain peut-être?

L'horloge sonna trois coups et Senterre se retourna une fois encore sur sa couche.

Ç'aurait été, décidément, une étonnante aventure que la leur!... Il y a cinq ans, lequel d'entre eux – à part lui, Senterre – était seulement assuré de manger à sa faim la semaine suivante? Perlonjour, Gribbe et Tignol avaient, toute leur jeunesse, tiré le diable par la queue, faisant un peu tous les métiers et dépensant dans les boîtes de nuit ce qu'ils avaient gagné la veille. Namotte et Gernicot, eux, en fils de famille conscients de leurs obligations, avaient tôt « claqué toute leur galette » – toujours pour parler comme Namotte –, allant jusqu'à lasser la magnanimité et la bourse de papas qui avaient rompu plutôt brutalement avec eux.

Quant à lui, Senterre, il était le seul, à l'époque, à ne pas considérer ces cinq ans d'exil comme une solution désespérée. En ce temps-là, Georges, pendant les courts loisirs que lui laissait la fréquentation assidue des champs de courses, composait des vers; il en avait même réuni quelques-uns dans une mince plaquette qui s'était fort bien vendue, à la grande indignation de Namotte. Aussi, ce qui l'avait poussé, était-ce le seul attrait de l'aventure lointaine et cette émotion qui, gamin déjà, l'étreignait devant le spectacle d'un port au petit jour, quand monte dans le brouillard l'appel déchirant des sirènes, que les pianolas jouent leur dernier refrain...

Senterre se dressa sur son séant et fit de la lumière... On avait sonné à la porte de l'appartement.

Le jeune homme habitait un building à deux entrées, divisé en appartements... Etait-ce le concierge ou bien...?

La sonnerie de la porte d'entrée retentit pour la seconde fois, troublant longuement le silence de l'appartement.

« Qui cela peut-il être? » se demanda Senterre. « Cet imbécile de Joseph ne se dérangera naturellement pas! »

Joseph, c'était son valet de chambre.

Le jeune homme se leva, chaussa des pantoufles, endossa sa robe de chambre et alla ouvrir.

– Un télégramme pour vous, m'sieur.

– Un télégramme?

Déjà le porteur était reparti, dégringolant les escaliers.

Senterre referma la porte et s'y adossa. Puis il fit sauter la bande de sûreté et lut :

ÉTAIS AVEC NAMOTTE SUR AQUITAINE STOP
ARRIVERAI DEMAIN SI POSSIBLE STOP GERNICOT

III

UN SOIR AUX BERMUDES

Senterre, ayant donné congé à son domestique pour la soirée, alla ouvrir lui-même la porte de l'appartement. Asuncion le salua d'un léger signe de tête et d'une exclamation modulée. Puis, passant devant son hôte avec une assurance née, eût-on dit, d'une longue habitude, elle se dirigea tout droit vers le salon où elle s'assit dans l'ombre, relevant sa voilette d'un doigt prompt.

– Ainsi, je vais le revoir... dit-elle pensivement.

Elle parlait d'une voix douce, égale, un peu traînante. Elle était probablement émue, mais n'en laissait rien paraître.

– Voici ce qu'il m'a écrit, dit Senterre en lui tendant le télégramme de Gernicot, télégramme dont il lui avait déjà révélé la teneur par téléphone une heure auparavant.

Puis il se leva et se mit à arpenter la pièce, mains au dos, yeux baissés, pour ne plus voir Asuncion...

A quoi cela servait-il, en effet, de la regarder, de l'admirer, de contempler dévotieusement son image, pour mieux la recréer en son absence? C'était une torture inutile. Cette femme n'était pas pour lui, il le savait. Et si les jours passés, il avait pu se bercer d'un espoir trompeur...

Une fois reçu le télégramme de Gernicot, la nuit dernière, Senterre s'était levé et avait attendu l'aube en buvant du whisky. Mais ses pensées avaient pris un autre cours, son inquiétude avait connu un autre objet : Asuncion. Huit jours plus tôt, il ne la connaissait pas. Il ne l'avait rencontrée que deux fois au cours de la semaine écoulée, et croyait bien l'aimer. En fait, elle lui avait rendu deux courtes visites durant lesquelles il avait perdu toute présence d'esprit, avait fait preuve d'un manque d'à-propos désarmant.

– Quel étrange télégramme! dit doucement Asuncion. Ne trouvez-vous pas, monsieur Senterre?

– Etrange? fit le jeune homme en interrompant sa promenade circulaire autour de la table. Etrange?...

Il osa regarder son interlocutrice en face :

– Non, je ne puis dire que je l'ai trouvé étrange.

La jeune femme secoua la tête :

– Pourquoi a-t-il écrit : « J'arriverai demain soir si *possible* »? Imaginez-vous que quelque chose puisse le retenir, fût-ce une heure, loin de vous... loin de moi?

– Je ne vois pas bien..., admit Senterre.

– Ce télégramme est étrange, répéta fermement Asuncion. Et *il... il* ne m'a même pas prévenue!

– Sait-il seulement que vous êtes ici?

– Oh! je pense qu'il doit entendre les messages du cœur.

La jeune femme leva sur Senterre ses grands yeux de velours.

– Vous êtes son ami, dit-elle, son meilleur ami, je crois. C'est de vous surtout qu'il m'a parlé...

Senterre serra fébrilement les mains. Quel démon le poussait soudain? Il fit un pas vers sa visiteuse et murmura d'une voix tremblante :

– L'amitié est parfois d'un poids bien lourd...

– Que voulez-vous dire? fit Asuncion, ouvrant son sac à main et y puisant un minuscule étui à cigarettes d'or vert.

Ce qu'il voulait dire?... Senterre se mordit les lèvres : sa réponse eût tenu en trois mots, en deux dans sa langue à elle. Mais il n'avait pas le droit... Gernicot était son ami. Cette femme appartenait à Gernicot. Et ce n'était pas une de ces conquêtes qu'on pût partager comme un butin rapporté de Mandchourie ou de Haï-nan!

Senterre se jugeait avec sévérité. Cet espoir confus, qu'il osait à peine s'avouer et né à peine cette femme était-elle entrée dans sa vie, cette attente d'une foudroyante intervention de la Providence, n'était-ce pas, en quelque sorte, le souhait implicite de *ne pas voir revenir Gernicot*?

Oui, lui, Senterre, il avait été jusque-là! Lui, l'ami fidèle, le sûr compagnon, le frère d'élection, il avait pensé cela, il s'était dit que, peut-être, Gernicot ne reviendrait pas et qu'alors plus rien, rien au monde, ne l'empêcherait d'avouer son amour à Asuncion.

– Que voulez-vous dire? insista-t-elle doucement.

– Je... Je ne sais plus! balbutia Senterre en se laissant tomber dans un fauteuil.

Il se prit la tête dans les mains... Pourquoi cette femme s'était-elle adressée à lui? Pourquoi n'avait-elle pas eu le courage d'attendre quelques jours encore? Pourquoi, par deux fois, était-elle venue s'asseoir là, les jambes haut croisées, lui sourire de ses lèvres rouges, l'envelopper de la caresse de son chaud regard? La première fois déjà il lui avait donné l'assurance de n'avoir reçu aucune nouvelle de Gernicot, de n'avoir pas été favorisé plus qu'elle, d'ignorer tout de lui depuis cinq ans. Il lui avait promis aussi de la prévenir dès qu'il serait avisé de son retour. Mais non, elle n'avait pu attendre! Elle était revenue trois jours plus tard, l'avant-veille, lui déclarer de sa voix calme qu'elle était inquiète, horriblement inquiète, qu'il y avait tout de même deux ans qu'elle n'avait vu Marcel, qu'elle n'avait pas reçu depuis la moindre ligne tracée de sa main, qu'il n'était pas possible qu'il ne lui fût pas arrivé quelque chose...

– Voyons..., avait reparti Senterre. Vous m'avez dit vous-même ne pas lui avoir donné votre adresse!

Et puis il avait compris la vanité de toute discussion à ce sujet... On ne parlait pas raison à Asuncion : on lui donnait raison.

– Neuf heures, dit la jeune femme. Pensez-vous qu'il tarde longtemps encore?

Senterre ne répondit pas, du moins pas tout de suite. La maison était silencieuse, l'atmosphère du salon étouffante. Un orage paraissait imminent. Et cette attente, cette attente qui se chiffrait en années, n'en finissait plus...

Se levant brusquement, il ouvrit une petite armoire dont il tira quatre verres, un shaker et des flacons pansus :

– Voyez si je suis convaincu qu'il viendra! Je vais déjà préparer les cocktails...

– Pourquoi quatre? demanda la jeune femme.

– Vous, lui, Perlonjour et moi... Cela fait bien quatre.

– Mais votre ami Perlonjour n'est pas là?

– Il est allé embrasser sa vieille maman. Il nous rejoindra tout à l'heure.

Vermouth, gin, glace pilée, jus de citron : Georges agita le shaker.

– Bon Dieu! soupira-t-il, qu'il fait chaud... La nuit ne se passera pas sans orage...

– Croycz-vous?

Asuncion écrasa sa cigarette dans le cendrier, ce qui fournit à Senterre une nouvelle occasion d'admirer la courbe adorable de son bras nu.

– Cela me rappelle, dit-elle lentement, ce soir où j'ai rencontré Marcel pour la première fois, aux Bermudes...

Elle demeura un instant songeuse :

– *Madre*! C'était un soir fou.

Senterre attendit, haletant. Il comprenait que la jeune femme, lasse de cette attente épuisante, allait parler d'elle, d'*eux*.

Mais elle était peu encline aux confidences. Elle dit seulement :

– Nous regardions la mer : on l'eût dite de velours bleu. Il m'avait dit des choses gentilles, comme celle-ci : « J'aimerais vous en faire une robe... » Puis il me déclara : « Vous êtes belle et je vous aime. Je ferai de vous la plus adulée des femmes, vous serez infante et reine, un jour, si vous le voulez. » Alors, moi : « Et que vous faudra-t-il donc en échange? » Il me considéra longuement et me répondit : « Rien. » Aussitôt je décidai de lui accorder tout... Le lendemain soir, il partait pour Charleston.

Santerre se sentait la gorge sèche.

– Et, sur la foi de ces seules paroles, vous vous gardez pour lui depuis deux ans? interrogea-t-il d'une voix rauque.

– Exactement.

– Bon Dieu! dit sourdement Senterre.

Se put-il qu'il eût rencontré une telle femme pour la perdre seulement? Il se sentait rongé par une souffrance aiguë. Qu'il était loin, le vieux désir qu'il avait eu du retour de Gernicot! Que lui importait maintenant d'apprendre de sa bouche des détails sur la mort de Namotte! Il n'y avait plus que cette femme qu'il aimait et lui, avec cette souffrance intolérable.

Il la regarda encore une fois, avec ferveur. C'était peut-être la dernière fois qu'il pourrait la regarder ainsi. Il admira ses lourds cheveux d'un noir bleu, ses insondables yeux verts, sa taille svelte, ses mains nues et blanches. Elle portait ce soir une robe bleue, d'un bleu sourd et émouvant, seulement éclairée par une petite croix d'or suspendue à une chaîne qui faisait cinq fois le tour de son cou.

L'horloge sonna et Asuncion parut sortir d'un songe.

– Dix heures, dit-elle. Pourquoi n'est-il pas là? Pourquoi ne téléphone-t-il pas s'il a été retardé?

– Il ne le pourrait pas. Mon téléphone est dérangé...

– Pourtant vous m'avez appelée?

– Pas d'ici.

L'orage semblait se rapprocher.

– J'ai peur, monsieur Senterre, dit soudain Asuncion sans que sa voix trahît la moindre émotion.

Senterre s'efforça de libérer proprement un petit rire réconfortant :

– Peur!... Et de quoi avez-vous peur?

Mais elle ne lui répondit qu'en lui posant une nouvelle question :

– A la suite de quel concours de circonstances, croyez-vous, un homme peut-il tomber à la mer?...

Il y eut alors, derrière eux, un léger craquement, et une voix répondit :

– A la suite, par exemple, d'une agression criminelle.

IV

LA PEUR DE L'ORAGE

– Ma chérie! murmura Gernicot, Asuncion dans ses bras.

L'ayant baisée aux lèvres, il la repoussa pour aller à Senterre et l'étreindre silencieusement. Puis il recula de deux ou trois pas et Georges put remarquer tout à loisir les ravages de sa physionomie.

Gernicot qu'il avait connu calme et maître de soi, lui revenait amaigri, le visage mangé de barbe, les yeux fixes et hagards. Une mèche de cheveux lui barrait le front, sa cravate était nouée tout de travers. Sa main gauche, accrochée à un bouton de son veston, tremblait...

Cette transformation qui paraissait profonde, Asuncion avait dû la remarquer en même temps que Senterre. Elle était demeurée un instant sur place, figée par un étonnement sans bornes, lorsque Marcel l'avait repoussée pour saisir son ami dans ses bras. Un moment encore elle parut attendre, cette fraternelle effusion terminée, que Gernicot revînt à elle. Mais il n'en fit rien. Il demeurait là, debout au milieu du salon, le regard dirigé droit devant lui, le dos voûté.

Alors ce fut elle qui alla à lui, posa les mains sur ses épaules et se haussa sur la pointe des pieds pour lui faire l'offrande de son beau visage bouleversé. Il ne parut pas la voir et son regard resta fixe, morne.

Senterre intervint :

– Par où diable es-tu entré?

Sans détourner la tête, Gernicot répondit :

– Par la porte.

Il ajouta :

– Tu fermes très mal les portes.

– Mais le concierge a pour mission...

– Il n'était pas dans sa loge.
– Tu es venu à pied?
– En taxi.
– Nous n'avons rien entendu?
– C'est que j'ai fait arrêter la voiture au coin de la rue.

Pour la seconde fois, Gernicot se libéra doucement, mais fermement, de l'étreinte d'Asuncion. Puis il se laissa tomber dans un fauteuil.

– Je crains qu'un orage n'éclate avant peu...

Il acheva comme pour lui-même :

– Je n'ai jamais pu supporter l'orage.

Asuncion regarda Senterre. Maintenant, il était enfin possible de lire en elle et de déclarer avec certitude qu'elle était absolument désemparée. Cet homme qui était là, effondré devant elle, le teint terreux, en proie à un mystérieux abattement, elle ne le reconnaissait pas. Etait-ce donc lui qui disait là-bas : « Je ferai de vous une reine... »?

Un grondement lointain retentit et Gernicot sursauta.

– L'orage! balbutia-t-il. L'orage!...

Sa voix exprimait une véritable terreur.

Senterre se souvint... C'était vrai que, cinq ans plus tôt déjà, Gernicot, qui paraissait ne craindre ni Dieu ni diable à l'époque, s'affolait à la vue d'un éclair et tombait, tout le temps que durait l'orage, dans un état de complète prostration. Tout de même, cela ne suffisait pas à expliquer un trouble aussi profond que celui dans lequel il paraissait plongé.

Senterre avait scrupule de l'interroger, mais le douloureux mutisme d'Asuncion le poussa à parler.

– Marcel! dit-il.

Gernicot le regarda.

– Comment est mort Namotte?
– On a dû le jeter par-dessus bord, répondit Gernicot.

Un frisson secoua Senterre :

– Marcel! Tu ne parles pas sérieusement? Tu ne veux pas dire qu'on a tué Namotte?

Gernicot baissa la tête, accablé.

– Si, dit-il, c'est bien ce que je veux dire.

Senterre traîna son fauteuil près du sien et lui prit la main :

– Que t'arrive-t-il? interrogea-t-il anxieusement. Es-tu malade?... Parle, pour l'amour de Dieu!

– J'ai peur de l'orage, répéta Gernicot à voix basse.

Senterre haussa les épaules avec violence :

– Folie?Tu ne vas pas prétendre que c'est cela qui te met dans un état pareil? Regarde-toi, mon pauvre vieux! Tu as l'air d'un homme affolé, traqué... Oui, traqué!

– Tais-toi! fit sourdement Gernicot. Tu ne peux pas savoir...

– Je veux savoir. Parle.

– Eh bien...

Gernicot hésita, jeta un regard désespéré à Asuncion et acheva :

– ... je suis condamné.

– Quoi? s'écria Senterre. Condamné! Condamné à quoi?

La réponse fut à peine perceptible :

– A mort.

Senterre bondit sur ses pieds :

– Tu es ivre ou fou! cria-t-il. Qu'est-ce que c'est que cette histoire? Ah! je te jure bien que tu vas t'expliquer – et tout de suite – ou bien...

Un coup de tonnerre assourdissant lui coupa la parole et la pluie se mit à crépiter contre les vitres.

– L'orage! gémit Gernicot. Bon Dieu, que je souffre!...

Et il se tordit les mains.

Les regards d'Asuncion et de Senterre vinrent de

nouveau à se croiser. Le retour de Gernicot semblait moins les séparer que les rapprocher. Tous deux avaient éprouvé une cruelle déception. Asuncion se demandait si elle n'avait pas sacrifié deux années de sa vie à une illusion et Senterre se désolait à l'idée d'avoir perdu un ami.

Il fut le premier à se reprendre... Cet homme à l'aspect minable avait été un franc et solide garçon, le compagnon des bons comme des mauvais jours. Il fallait le secourir à tout prix.

– Ecoute, mon vieux, dit Senterre, persuasif, je ne sais pas ce que tu es devenu depuis deux ans. Aujourd'hui tu me fais l'effet d'un malade. Près de nous, tu n'as rien à craindre. Ne veux-tu pas te confier à moi? Tu me dis qu'*on* a jeté Namotte par-dessus bord... Qui est cet *on*?

Gernicot jeta autour de lui un regard soupçonneux :

– Je ne peux pas te dire qui est cet *on*. Mais peut-être... La porte est-elle bien fermée cette fois? Tu devrais t'en assurer...

Senterre obéit sans protester. Lui-même se sentait maintenant nerveux, vaguement inquiet. Décidé à réagir, il remplit les verres à cocktails et vida le sien d'un coup.

Gernicot, sans toucher à l'alcool, porta les mains à son col et l'arracha vivement. Il avait le visage luisant de sueur :

– Oui... oui... Je vais te dire... Mais comment faire?... Je ne sais pas grand-chose. Je devine plutôt, je comprends... Oui, *je comprends,* voilà!...

Les coups de tonnerre se succédaient à présent sans relâche. Gernicot serra les accoudoirs de son fauteuil et poursuivit :

– Senterre, crois-tu aux pressentiments?... As-tu jamais vécu l'un de tes cauchemars?... C'est ce qui m'arrive... C'est à Pékin, je crois, que je reçus le premier avertissement, que j'eus la prescience du drame de *L'Aquitaine.* La veille j'avais rencontré Namotte. Il me dit être riche, aussi riche que moi. Mais lui aussi me parut craindre quelque péril inconnu. « J'ai hâte de quitter Pékin, me déclara-t-il. Il est bien difficile de ne pas se faire des ennemis par ici et beaucoup de gens savent sans doute, à l'heure actuelle, que nous sommes cousus d'or. Je n'aime pas ça! » Je n'aimais pas cela non plus et son inquiétude ressemblait trop à la mienne pour que je ne fusse pas doublement alarmé. Cependant, à mesure que nous nous éloignions de l'Asie, Namotte se montrait plus joyeux. Il me parlait avec enthousiasme de ses aventures, évoquant sans cesse ton image et celle de nos amis. Moi-même me sentais plus confiant et n'étais plus loin d'accuser le climat de nous avoir joué à tous deux quelque tour de sa façon quand le drame survint. Inutile de me presser de questions à ce sujet. Je n'en sais pas plus que ce que les journaux ont raconté... Mais...

– Mais? fit Senterre.

– Je fus le premier sur le pont supérieur, tu comprends? Et...

– Et?

– J'ai entrevu un homme qui s'enfuyait...

– Tu en es sûr?

Gernicot secoua la tête :

– Non, je ne suis sûr de rien. Les ombres de la nuit, tu sais... Si j'étais sûr!... Mais voilà, je ne le suis pas, et c'est ce qu'il y a de terrible...

Un silence tomba. La violence de l'orage semblait décroître. La pluie continuait de battre les carreaux. L'horloge sonna la demie.

– Mon pauvre vieux! fit Senterre. Te rends-tu compte que tes craintes ne sont pas provoquées par autre chose que des pressentiments, ou quelque mauvaise fièvre? Absolument rien ne nous prouve que

Namotte ne soit pas tombé accidentellement à la mer. Et je m'explique moins encore pourquoi tu te crois condamné...

Gernicot s'épongea le front de son mouchoir, à plusieurs reprises, avant de répondre :

– Je ne chercherai pas à te convaincre. Mais prends garde ! Je ne suis pas seul à être condamné. Il y en a d'autres, dont toi.

Senterre poussa une exclamation :

– Ah ! çà. Est-ce que tu te moques de nous ?

– Tu es un homme mort, dit Gernicot. Il est bon que tu le saches.

– Dis donc, tu n'aurais pas fumé l'opium à Pékin ?

– Si, naturellement ! Mais ne crois pas que la drogue m'ait brouillé l'entendement. Au contraire ! C'est, tout au contraire, grâce à elle que j'ai compris si vite.

Senterre ouvrit les bras et les laissa retomber d'un geste las :

– Marcel, par amitié pour moi, pour... pour l'amour d'Asuncion, tu commenceras demain un traitement de désintoxication.

– Je ne suis pas intoxiqué ! repartit rageusement Gernicot. Tu te moques de ma clairvoyance. Tu me reproches de ne te parler que de pressentiments. Mais...

Sa voix trembla :

– ... souviens-toi de ce que j'étais il y a cinq ans. Je ne donnais pas précisément l'impression d'un pleutre, n'est-ce pas ? Et vous...

Il se tourna gauchement vers Asuncion :

– ... n'étais-je pas digne, il y a deux ans, de vous inspirer confiance ? Ne vous êtes-vous pas promise à moi sur la foi de quelques paroles échangées entre ciel et mer ?...

Une émotion soudaine serra la gorge de Senterre :

– Marcel, je ne demande qu'à te croire. Si un danger

te menace, nous menace, eh bien, nous lutterons côte à côte... et nous vaincrons! Mais, pour cela, il faudrait que tu me dises tout... Il n'est pas possible que tu m'aies tout dit?

Gernicot regarda longuement son ami.

– Je crois que *notre ennemi* porte des lunettes aux verres fumés et une barbe rousse..., murmura-t-il.

A ce moment, un long sifflement retentit au-dehors.

On eût dit un signal.

V

VERRES FUMÉS, BARBE ROUSSE

– Vous avez entendu? demanda Asuncion.

– Quelque portier d'hôtel qui appelle un taxi, dit Senterre.

– A propos, le mien doit toujours attendre au coin de la rue, fit à son tour Gernicot. J'y ai laissé les bagages de Namotte et les miens.

– Cette idée de l'avoir fait arrêter là-bas!... Craignais-tu donc d'être suivi?

Gernicot acquiesça de la tête et fit signe à son ami de garder un moment le silence. Lui-même parut tendre l'oreille aux bruits venant du dehors. Senterre pensa que Marcel cherchait à entendre un nouveau coup de sifflet ou quelque chose de ce genre, mais il fut vite détrompé.

– L'orage s'éloigne, n'est-ce pas? dit Gernicot.

Il fit une pause brève. Puis :

– Je crois que c'est fini pour ce soir...

– Certainement! renchérit Senterre. Tu peux respirer, va!

Il poussa vers Gernicot le cocktail préparé peu de temps avant sa venue :

– Bois. Il n'y a rien de tel pour vous remonter un homme.

Gernicot obéit et une légère rougeur colora bientôt ses pommettes.

– Cela va mieux! constata-t-il avec satisfaction. Cela va indubitablement mieux! Je dois vous avoir causé une drôle d'impression, une... pénible impression? Mais l'orage – tu le sais, Senterre – me met les nerfs à vif, m'ôte tous mes moyens. La maison brûlerait pendant un orage que je ne lèverais pas le petit doigt pour combattre l'incendie... Veux-tu me préparer un nouveau cocktail, Georges?

– Volontiers, dit Senterre.

Avant deux minutes il allait pouvoir parler sérieusement avec Gernicot. Il s'en réjouissait sincèrement, quoiqu'il ne pût se défendre d'éprouver un persistant malaise.

Quant à Asuncion, elle jouait, yeux baissés, avec la croix d'or de son collier. Son visage était redevenu impénétrable et Gernicot évitait de la regarder.

Ce fut lui qui parla le premier, à l'étonnement de Senterre :

– Cet homme-là, je l'ai rencontré, le soir, dans une rue de Pékin. Son regard demeurait insaisissable derrière ses lunettes, mais j'aurais juré pour le moment qu'il était braqué sur moi. Plus tard, lorsque j'atteignis le pont supérieur de *L'Aquitaine* quelques instants après la chute mortelle de Namotte, je crus voir un homme s'enfuir, tu te le rappelles. Je crus aussi remarquer que cet homme portait la barbe; sa carrure, sa silhouette me rappelaient en outre celles de *l'autre*... Mais je puis fort bien m'être trompé : une fois hanté par un visage, on croit le rencontrer partout... Seulement, ces lunettes aux verres fumés, cette barbe flamboyante, je les ai revues encore une fois!... Et c'est au moment où le taxi qui m'amenait ici quittait la gare. L'inconnu se tenait immobile au bord du trottoir, il ne faisait rien pour se cacher, mais j'eus la certitude qu'il nous avait suivis depuis Pékin, qu'il avait jeté Namotte à la mer – après l'avoir assommé peut-être – et que demain, si ce n'est tantôt, il s'en prendrait à moi, à nous...

– Mais pourquoi? fit Senterre.

– Pourquoi?... Il m'est venu une idée, répondit Gernicot. Ce n'est qu'une simple hypothèse, mais qui explique tout. Admets un instant que cet homme-là – ou un autre – ait appris que Namotte et moi avions fait fortune, qu'il ait eu connaissance aussi des conventions conclues il y a cinq ans et qui nous lient tous les six...

– Eh bien?

– Eh bien, cet homme-là, après avoir tué Namotte, *me tuera, te tuera, nous tuera tous les uns après les autres*!

– C'est absolument invraisemblable! protesta Senterre.

– Pas du tout. Ecoute... Nous devons partager notre... notre butin. J'ignore si les autres ont réussi comme nous, mais...

– Perlonjour n'a pas réussi.

– Qu'importe! Tignol et Gribbe pourraient revenir pauvres comme Job, eux aussi. Le partage les rendra riches. Voici donc la situation... Nous sommes six – six moins un, déjà! – à prendre notre part d'un magot qui se chiffre en millions. Chaque fois que l'un de nous vient à disparaître, la part de ceux qui restent croît en proportion. Si la puissance quasi infernale que je pressens dirigée vers ce but s'acharne contre nous, il n'y aura bientôt plus qu'un seul des nôtres en vie. Et sa fortune sera considérable... *Alors l'autre frappera son dernier coup*!

– Tu as une prodigieuse imagination, dit Senterre en ricanant. Ce que tu me racontes là est nettement plus passionnant qu'un film américain. Mais ça ne tient pas debout.

– Pourquoi non?

– La vie n'est pas un roman feuilleton. Il faudrait donc que ton homme ait attendu cinq ans, sans même savoir si nous ne reviendrions pas tous les poches vides?

– Pas nécessairement : il peut avoir appris tout cela bien après notre départ, il y a deux ans, il y a un an, et peut-être seulement il y a six mois.

– Comment? Par qui?

– Dieu seul le sait.

Senterre, malgré toute son envie de prêter une oreille indulgente à l'histoire rocambolesque de son ami, ne pouvait se rendre aux raisons de Gernicot. Celui-ci prêtait à un inconnu à peine entrevu un véritable génie du mal, et sur la foi de quoi?... D'un cauchemar, de pressentiments. L'homme roux rencontré une heure plus tôt?... Le monde est plein d'hommes roux!

– D'ailleurs, ce n'est pas six personnes que ton assassin hypothétique devrait supprimer, mais huit, plus peut-être! reprit Senterre. Tu rappelais nos conventions : oublies-tu que, si Perlonjour et Gribbe venaient à mourir, leurs vieilles mamans toucheraient leur part? Toi, Namotte, Tignol et moi n'avons pas jugé bon de désigner des ayants droit; Tignol pourrait toutefois revenir marié...

– Bah, l'homme à la barbe rousse, s'il est réellement tel que je l'imagine, ne doit pas se montrer particulièrement regardant en vies humaines... Une de plus, une de moins!...

Senterre secoua la tête :

– Non, mon vieux, non! Tu ne troubleras pas ma sérénité. Namotte a dû tomber à l'eau, tout simplement.

– Comment? Il faudrait admettre qu'il fût ivre cette

nuit-là. Ce n'est pas le cas. Je l'avais quitté un quart d'heure plus tôt, joyeux, débordant de vie. L'imagines-tu saisi d'un vertige ou franchissant le bordage dans un accès de fièvre chaude? C'est encore plus romanesque que toutes mes suggestions.

– La version de l'accident a cependant été admise par la police.

– Naturellement, c'est si commode...

Il y eut un court silence.

– Cela ne me sauvera probablement pas de ce qui m'attend, reprit Gernicot, mais j'ai consacré la matinée et une partie de l'après-midi à mettre en lieu sûr ce que je rapporte de là-bas. Quant à cela, je suis certain d'être seul au monde à connaître maintenant l'endroit où il vous faudra chercher ma part au cas... au cas où je deviendrais victime d'un accident, d'un accident dans le genre de celui survenu au pauvre Namotte. Je n'ai pas eu le temps d'ouvrir ses bagages, mais nous allons les faire chercher et les examiner ensemble, si tu le veux bien. Je suis à peu près sûr qu'on n'a rien pu lui voler...

– Tu as commis une folle imprudence en les abandonnant dans un taxi dont le chauffeur t'est sûrement inconnu!

– Oh! jai pris le numéro de la voiture... et il eût été certainement plus imprudent encore de la faire arrêter devant chez toi.

Senterre n'était pas de cet avis. Une idée fixe avait pris possession de Gernicot. Il imaginait de toutes pièces un démon du crime, mais ne se souciait nullement des voleurs ordinaires. Aussi Georges appela-t-il immédiatement le concierge par le téléphone intérieur, le priant de régler sa course au chauffeur de taxi et de transporter les bagages de Namotte et de Gernicot dans le vestibule où il irait les chercher lui-même avec son ami.

– Tu logeras ici, avec Perlonjour et moi, décida-t-il.

Tu coucheras dans mon lit. Tu parais exténué, tu en as plus besoin que nous. Perlonjour dormira sur le divan et moi dans un fauteuil. Demain on avisera. Peut-être aurons-nous des nouvelles de Tignol et de Gribbe?

Il s'interrompit, regardant Gernicot. Celui-ci avait déboutonné son gilet et ouvert sa chemise :

– Regardez!

Senterre et Asuncion s'approchèrent.

Sur la poitrine de Gernicot, apparaissait un tatouage ainsi disposé :

CY 1.112 △ 4S.O+113-4

– Qu'est-ce que cela? demanda Asuncion de sa voix égale. Je suppose...

– C'est le moyen de découvrir l'endroit où j'ai dissimulé ce que... je rapporte! interrompit Gernicot. Il y avait, à bord de *L'Aquitaine,* un matelot passé maître dans l'art des tatouages. Ma décision étant depuis longtemps prise d'égarer les recherches de notre ennemi inconnu en recourant à un procédé cher aux pirates, sachant d'autre part déjà à ce moment où je dissimulerais ma part, c'est à ce matelot que je me suis adressé. Demain...

Il eut une légère hésitation :

– Demain, Senterre, je te fournirai la clef de ce cryptogramme...

Pour la première fois depuis son retour, il se mit à rire :

– ... car, pour cette nuit, en ta compagnie et celle de Perlonjour, je ne pense pas avoir à redouter grand-chose!

– *Madre*! fit Asuncion avec vivacité. Ne dites pas des choses pareilles, chéri, cela défie le sort.

Senterre s'était enfin détourné de la poitrine de Gernicot. Comme son regard rencontrait celui d'Asuncion, il ne put s'empêcher de baisser rapidement les yeux en même temps qu'une subite rougeur lui montait aux joues. Car, sous le tatouage de Gernicot, un peu à gauche, il en avait distingué un autre, antérieur sans doute et qu'il valait mieux que la jeune femme n'aperçût pas.

Celle-ci posa la main sur le bras de Gernicot.

– J'avais espéré vous voir quelque temps en tête à tête, mais je pense maintenant qu'il faudra remettre à demain? dit-elle d'un ton de doux reproche.

– Je puis vous laisser... commença Senterre.

Il se tut : un nouveau sifflement venait de retentir au-dehors.

Gernicot le regarda :

– Il y a un hôtel dans cette rue?

– Oui, en face.

– Eh bien, le portier ne se lasse peut-être pas d'appeler des taxis, mais je veux en avoir le cœur net!

Gernicot alla à la fenêtre et l'ouvrit toute grande. Une bouffée d'air frais pénétra dans la pièce.

Senterre s'approcha, lui aussi, de la croisée et vit une lumière briller dans la façade de l'hôtel, de l'autre côté de la rue déserte.

Puis il aperçut une silhouette se découper sur l'écran d'une fenêtre éclairée. C'était celle d'un homme grand et large d'épaules. Il paraissait immobile, mais Senterre, redoublant d'attention, remarqua qu'il portait barbe et lunettes et levait lentement le bras droit.

– Bon Dieu! cria-t-il, soudain épouvanté. Marcel, baisse-toi!...

– Pourq...? commença Gernicot.

Une brève détonation avait retenti.

Cherchant vainement à s'accrocher aux rideaux, Gernicot s'effondra sur le parquet.

VI

RAZZIA

Senterre s'était jeté à genoux.

– Marcel! gémit-il. Mon vieux Marcel!

Une pâleur mortelle avait envahi le visage d'Asuncion, appuyée au dossier d'un fauteuil. Ses lèvres tremblaient, ses mains s'étaient jointes sur sa petite croix d'or.

– Est-ce que...? balbutia-t-elle.

Mais elle ne put achever.

Senterre avait soulevé Gernicot avec précaution, lui appuyant le buste contre son genou. Il était en proie à un violent désespoir, un désespoir farouche et silencieux. Machinalement, il caressait les tempes moites de sueur de son ami. Il murmura :

– Pardon, mon vieux... C'est à cause de moi... C'est ma faute... Je ne voulais pas te croire... Pardon!...

Gernicot ouvrit les yeux et desserra les lèvres. Son visage était affreusement contracté. Il eut cependant la force d'esquisser un misérable sourire.

– Il... Il m'a eu! parvint-il à dire.

Puis il referma les yeux et Senterre sentit tout son grand corps frémir.

– Porte... Porte-moi sur le lit!

Senterre le saisit dans ses bras et le souleva comme une plume. Debout dans l'embrasure de la fenêtre, il enregistra que la façade de l'hôtel avait clos son œil de lumière, de l'autre côté de la rue, et que tout paraissait calme. Personne n'avait donc entendu le coup de feu, personne n'avait donné l'alarme?

Senterre, Gernicot dans ses bras, se tourna vers Asuncion qui paraissait changée en statue :

– Vite! Prévenez la police!... Il n'y a pas une minute à perdre.

Il traversa la pièce en quelques enjambées et ouvrit d'un coup de pied la porte qui la faisait communiquer avec la chambre à coucher. Puis il déposa doucement Gernicot sur le lit.

Que fallait-il faire? Courir à l'hôtel d'en face, le fouiller de fond en comble, abattre comme un chien le premier homme porteur d'une barbe rousse et de lunettes aux verres de couleur? Fallait-il plutôt alerter, sans perdre une seconde, le commissariat le plus proche, ou se mettre à la recherche d'un médecin? Ne valait-il pas mieux donner soi-même les premiers soins au blessé?...

Inconsciemment, Senterre avait adopté cette dernière solution. Une serviette humide à la main, il revenait à Gernicot.

Mais celui-ci secoua énergiquement la tête.

– Non, non! haleta-t-il, les doigts crispés sur sa chemise tachée de sang. Ce... Ce n'est pas la peine... Je... J'ai mon compte...

La gorge de Senterre se serra. Il fut long avant de pouvoir répondre en saisissant les poignets de Gernicot et en tentant d'écarter ses mains de sa blessure :

– Toujours le même idiot!... Laisse-moi faire...

– Non, Georges, s'obstina Gernicot qui s'affaiblissait visiblement. Je... Je t'en prie!... Cours plutôt à l'hôtel... il faut...

– Oh! tu seras vengé, je te le jure!... Mais, d'abord...

– Laissez-le! fit une voix.

Senterre se retourna : Asuncion était devant lui.

– Laissez-le, je vais le soigner. Vous, courez chercher un médecin.

Senterre n'hésita plus :

– Vous avez raison. Je vous le confie. Courage, vieux! Nous te tirerons de là...

La chambre à coucher donnait sur le palier. Georges Senterre, au moment d'en franchir la porte, eut une dernière hésitation. Etait-il sage d'abandonner ainsi son ami? Mais Asuncion, le visage illuminé de tendresse, se penchait déjà sur lui. Où trouver infirmière plus dévouée, plus intéressée à sa guérison?

Senterre dégringola l'escalier et, dans le vestibule, se heurta au concierge qui, selon les instructions reçues, rentrait les derniers bagages de Gernicot.

– Que faites-vous là? cria Senterre.

– Mais..., commença l'autre.

– N'avez-vous donc rien vu, rien entendu?

L'homme secoua la tête.

Senterre le mit en quelques mots au courant des événements. Puis il lui enjoignit de courir d'une traite au commissariat du coin de la rue et d'en ramener du secours.

Lui-même prit sa course dans la direction opposée. Il savait la demeure du docteur Thiénot peu éloignée et pensait qu'il valait mieux se fier à l'élasticité de ses propres jarrets qu'attendre le passage d'un taxi ou d'une voiture particulière avec le conducteur de laquelle il faudrait parlementer.

Malgré ses coups de sonnette pressants et répétés, Senterre attendit cinq minutes, longues comme un siècle, avant que la porte s'ouvrît. Puis il fallut expliquer la situation au docteur, l'aider à passer son veston, à chercher sa trousse...

Dans la rue, les deux hommes se mirent à courir. Mais le docteur Thiénot était atteint d'une honnête obésité qui retardait leur marche. Bouillant d'impatience, bourrelé d'inquiétude, Senterre avait beau le pousser, le tirer, le gros homme n'allait pas vite.

Tous deux atteignirent enfin leur but. Ils s'engouffrèrent dans le vestibule et Senterre ouvrit la cage de l'ascenseur qui se trouvait un peu en retrait près de la porte de derrière située en contrebas et dont il était séparé par quelques marches de pierre :

– Entrez vite!

Le docteur obéit, mais, les portes refermées, le jeune homme eut beau presser sur le bouton qui commandait le second étage, l'ascenseur ne bougea pas.

– Crénom! jura-t-il.

Il fallut rouvrir les portes, revenir sur ses pas, se jeter dans l'escalier.

Au-dessus d'eux, un pas faisait gémir les marches.

– Qui va là? cria Senterre.

– Perlonjour, répondit une voix placide. C'est toi, Georges?

Senterre et le docteur rejoignirent Perlonjour sur le palier du premier étage. Quelques mots suffirent à le mettre au courant de l'attentat.

Au troisième, la porte de la chambre à coucher était demeurée entrouverte. Senterre la poussa et s'arrêta sur le seuil, sidéré...

Gernicot ne se trouvait plus sur le lit dont les draps traînaient en partie sur le tapis.

Le jeune homme pénétra dans la pièce en poussant un cri d'appel, mais s'immobilisa à nouveau.

Près de la porte vitrée qui faisait communiquer la chambre à coucher avec le salon, Asuncion était étendue sur le dos, les bras en croix, la tête enveloppée dans un épais voile gris étroitement serré autour de son cou par un mince cordon de soie.

VII

CES MESSIEURS DU PARQUET

M. Herbert Voglaire, juge d'instruction, avait pris place près de la fenêtre du salon, derrière une petite table sur laquelle il avait posé, bien en évidence et comme pour en prendre avantage, une serviette de maroquin bourrée de paperasses. A cette même table se trouvait installé le greffier, tandis que M. Daniel

Voussure, substitut du procureur du roi, se tenait dans le fond de la pièce, dos à la cheminée et mains dans les poches.

M. Voglaire était un magistrat à l'intelligence ouverte. Il n'était pour ainsi dire pas de domaine dans lequel il n'eût donné des preuves d'activité et de compétence. Il s'était, en son temps, occupé de la question des inondations et avait examiné, dans un opuscule très discuté, les mesures préventives qu'il convenait de prendre pour éviter le retour de tels cataclysmes. Peu après il avait écrit une série d'articles dans lesquels il s'élevait, avec une rare autorité, contre le déboisement des forêts. Il s'était demandé s'il fallait – ou s'il ne fallait pas – rétablir le tour de l'Assistance publique et avait dessiné lui-même le nouvel uniforme des agents de police. L'eugénique et la chiroscopie avaient trouvé en lui un zélé propagateur et il n'était pas jusqu'aux sciences occultes dont il n'eut parlé de façon congrue. Multiples étaient les revues de vulgarisation scientifique qui avaient publié des « choses » de lui. Mais, ses triomphes demeuraient une grammaire populaire et un traité de l'histoire contemporaine aujourd'hui en usage dans les écoles officielles et bon nombre d'écoles libres. Il était constamment à l'affût de l'actualité, tant scientifique que littéraire, il débordait d'activité et, quelque cinq ans plus tôt, on parlait de lui comme d'un polémiste passionné. Une seule chose au monde le laissait indifférent : le crime et ses manifestations diverses. Mais cela n'avait jamais nui à sa carrière car il savait s'entourer de collaborateurs éminents et, en fin de compte, c'était toujours son nom à lui, Voglaire, qui était prononcé avec respect, c'était toujours lui que l'on songeait à décorer. Il n'y avait personne au monde pour s'aviser que cet homme à l'activité quasi légendaire avait classé plus d'affaires à lui tout seul que ses six prédécesseurs.

– C'était une idée bizarre, vous en conviendrez, dit

M. Voglaire, une idée qui ne pouvait germer que dans... comment dirais-je?... des cerveaux brûlés. La fortune vient en dormant, ce sont toujours nos pères qui auront raison. Enfin! Je crois qu'il serait peut-être bon que nous entendions maintenant cette demoiselle Asuncion. Je prétends, je vous en avertis, prononcer « Ascencion », à la française. Vous pouvez disposer, monsieur Senterre. C'est-à-dire qu'il vaudrait mieux que vous ne vous écartiez pas. Je puis encore avoir besoin de vous.

– Bien, dit Senterre.

Et il sortit sans rien ajouter.

Son dépit était grand. Cette première journée d'enquête n'avait donné aucun résultat. Les interrogatoires du concierge et du chauffeur de taxi hélé par Gernicot à la sortie de la gare avaient été négatifs. Les traces de sang partant de la chambre à coucher – *groupe O, sujet sain,* selon les rapports d'analyse – conduisaient à l'ascenseur où elles disparaissaient. Par ailleurs le juge d'instruction avait laissé entendre qu'une révision de l'enquête, ouverte à bord de *L'Aquitaine* après la mort de Namotte, était pratiquement inutile. Enfin l'inspecteur, chargé de faire une enquête à l'hôtel des Deux-Eglises d'où le coup de feu avait été tiré, en était revenu bredouille. Cet hôtel était un établissement de troisième ordre où l'on n'avait pas coutume de faire signer le registre des présences aux voyageurs avant le second ou le troisième jour de leur arrivée. Peu importait, du reste, car l'inconnu, contraint de s'exécuter, n'eût pas manqué d'y apposer un faux nom. Mais, fait plus digne d'attention, ni le gérant, ni le portier, ni aucun membre du personnel de l'hôtel n'avaient remarqué un voyageur porteur d'une barbe rousse et de lunettes aux verres fumés. La chambre qui faisait face à l'appartement de Senterre avait été occupée par un homme grand et large d'épaules, au teint bronzé, qui avait déclaré avoir l'intention de l'habiter une quinzaine de jours et dont les bagages étaient, paraît-il, demeurés à la gare. Il avait même donné un billet de consigne au portier en le chargeant d'aller les dégager lui-même. Mais l'inconnu avait subrepticement quitté sa chambre au milieu de la nuit, n'y laissant aucune trace de son passage. L'inspecteur avait examiné le billet de consigne qui avait été reconnu périmé depuis longtemps et perquisitionné dans la chambre à coucher, mais sans résultat.

En sortant du salon, Senterre croisa Asuncion dont le visage, malgré les fards, apparaissait pâle et tiré.

– Ainsi donc, mademoiselle, débuta M. Voglaire, c'est vous qui, M. Senterre parti chercher un médecin, êtes demeurée en tête à tête avec la victime?

Asuncion inclina la tête en signe d'assentiment.

– Vous sentez-vous en état de nous conter ce qui s'est passé entre le départ et le retour de M. Senterre? Lui-même nous a déjà fait ce récit, mais nous aimerions l'entendre de votre bouche... Prenez bien note, Crouplet.

Asuncion s'assit sur la chaise que lui avançait galamment le substitut :

– Je ne pense pas pouvoir vous apprendre grand-chose... M. Gernicot suppliait son ami de le laisser et de courir à l'hôtel d'en face d'où le coup de revolver avait été tiré...

– Avez-vous pu distinguer l'aspect physique de l'assassin?

– Non. J'engageai alors M. Senterre à se rendre aux instances de son ami, à nous quitter sans plus tarder et à ramener un médecin. Je pris ensuite place au chevet du blessé. Il avait les yeux clos et respirait avec peine, les mains crispées sur sa poitrine... Comme je me penchais sur lui, il me demanda, d'une voix à peine distincte, si son ami était parti. Je lui répondis par l'affirmative et le conjurai de me laisser laver sa blessure et de me permettre de lui faire un pansement sommaire en attendant l'arrivée du docteur. Il secoua la tête et se mit à parler bas et précipitamment. Je ne comprenais rien de ce qu'il me disait et crus une minute qu'il délirait. Je voulus alors lui faire avaler un peu d'eau, mais ne pus réussir à lui desserrer les dents...

Asuncion suspendit un instant sa déposition et parut se recueillir. Puis elle poursuivit :

– Comme je posais le verre sur la table de nuit, Marcel réussit à se tourner vers moi et me fit signe d'approcher mon visage du sien. J'obéis. Il me demanda de lui apporter un verre d'alcool. Je lui dis que c'était folie que de vouloir boire de l'alcool dans son état. Il insista puis, voyant que je ne pouvais me résoudre à lui accorder satisfaction, tenta même de se lever au prix d'efforts inouïs. Alors je cédai. En apparence du moins... M. Senterre avait servi des cocktails pendant la soirée et je savais que le mien et celui de l'ami qu'il attendait, M. Perlonjour, étaient demeurés intacts. Je traversai donc la chambre à coucher, entrai dans la pièce où nous nous trouvions et pris un verre sur cette table...

La jeune femme désigna d'un petit signe de tête celle à laquelle le juge d'instruction et le greffier étaient installés :

– Donner de l'alcool à Marcel dans l'état où il se trouvait, c'était l'achever à coup sûr.... Je transvasai le contenu du verre que je tenais à la main dans celui vidé un moment plus tôt par M. Senterre et le remplis à l'aide du siphon qui se trouvait également sur cette table. Peut-être parviendrais-je ainsi à abuser le blessé? L'expérience valait en tout cas d'être tentée. Je tournai le dos à la table et retraversai le salon. Mais, sur le seuil de la chambre à coucher, je m'arrêtai. Le lit était vide, les draps traînaient en désordre sur le tapis. Toutes choses étaient, je crois, dans l'état où les trouvèrent M. Senterre et le docteur.

La narratrice poussa un petit soupir avant d'achever :

– *Madre*! J'étais folle d'angoisse. Je criai deux fois le nom de Marcel et m'élançai vers le lit, pensant que, peut-être, M. Gernicot avait voulu se lever et était tombé de l'autre côté... C'est alors qu'un voile me fut jeté sur la tête. Par qui? Je ne sais. Je tentai de me débattre, mais le tissu m'étouffait en même temps que j'avais le cou serré par un cordon ou un lacet. Je ne pouvais rien voir à cause de la triple ou quadruple épaisseur du voile et je perdis bientôt connaissance... Je revins à moi dans les bras de M. Senterre.

Asuncion regarda le juge, baissa la tête et se tut. Il y eut un long silence, seulement rompu par le grincement de la plume du greffier sur le papier.

M. Voglaire se tourna vers M. Voussure :

– Nous nageons en plein romanesque... Qu'en pensez-vous, monsieur le substitut?

– Je partage votre impression, cher ami, répondit M. Voussure. Voilà une histoire étrangement compliquée. Ce pacte de six jeunes gens, cette vie d'aventures menée pendant cinq ans, cet accident de *L'Aquitaine* – est-ce un accident? –, cet homme roux, cet enlèvement du corps de la victime, oui, tout cela est bien compliqué!

Il soupira.

M. Voglaire fit signe à l'agent qui se tenait près de la porte de communication :

– Veuillez rappeler M. Senterre.

Et quand ce dernier eut réintégré la pièce :

– Je pense, monsieur Senterre, que vous avez hâte, sinon intérêt, de voir arrêter l'assassin de votre ami... Aussi ne vous demanderai-je que par acquit de conscience si vous n'avez rien omis dans vos déclarations qui soit susceptible d'éclairer la justice?

Senterre réfléchit un moment :

– Je pense avoir tout dit.

– Et vous, mademoiselle? M. Gernicot était votre fiancé, n'est-ce pas?

La réponse surprit la plupart des assistants :

– Est-il indispensable que je réponde à cette question?

– Mais..., commença M. Voglaire.

– Non, mademoiselle, dit M. Voussure, rien ne vous y oblige...

Il y eut un silence embarrassé. Asuncion se taisait.

– Pas plus que M. Senterre, reprit alors M. Voglaire, vous ne vous souvenez sans doute d'une chose, même insignifiante, qui...?

La jeune femme secoua la tête :

– Non.

– Crouplet, avez-vous pris note de tout?... En ce cas, je pense que plus rien ne nous retient ici. Qu'en pensez-vous, monsieur le substitut?

– Non, plus rien, répondit avec regret M. Voussure qui regardait Asuncion.

M. Voglaire s'était levé. Aidé de son greffier – qui s'empressa ensuite auprès du substitut –, il endossa son pardessus de demi-saison, saisit sa serviette, sa canne et son chapeau. Puis il se tourna vers Senterre et Asuncion :

– Je vous serais obligé de ne pas quitter la ville pour le moment. Nous pouvons avoir besoin de vous d'une heure à l'autre pour éclaircir quelque point de cette ténébreuse affaire ou pour une confrontation...

– Une confrontation? s'écria Senterre. Espérez-vous donc mettre bientôt la main sur le coupable?

M. Voglaire haussa les épaules, non sans quelque désinvolture.

– Il conviendrait peut-être d'abord de mettre la main sur la victime! repartit-il en sortant dignement, suivi de M. Voussure et de M. Crouplet.

Mais, l'instant d'après, il rouvrait la porte.

– Vorobeïtchik, vous venez?

Alors, du coin le plus obscur du salon, une voix suave répondit :

– Avec votre permission, monsieur Voglaire, je préférerais m'attarder un moment.

VIII

UN COCKTAIL AVEC M. WENS

Alors – et alors seulement – Senterre et Asuncion se souvinrent de la présence de ce troisième personnage qui accompagnait le juge d'instruction et était parvenu, tassé dans l'ombre, à demeurer inaperçu à force de discrétion et, en quelque sorte, d'humilité chrétienne. Ni Senterre ni Asuncion n'avaient égaré leurs regards plus d'une fois sur cet homme dont on distinguait mal les traits, là-bas, tout au fond de la pièce, et qui paraissait n'avoir d'autre souci que de rectifier le pli de son pantalon et le nœud de sa cravate, piqué d'une admirable perle rose. Il était tout naturel, pensa Senterre, que les autres l'eussent oublié dans son coin et cela tenait presque du miracle qu'on se fût, sur le palier, aperçu de son absence.

Donc, l'inconnu, ayant témoigné de son désir de s'attarder sur les lieux, se leva de la chaise basse sur laquelle il était assis et s'avança dans la lumière. Senterre et la jeune femme purent alors admirer tout à loisir l'élégance de sa mise et, particulièrement, l'inimitable ton rouge-brun de ses souliers qui luisaient doucement et dont leur possesseur prenait, la chose était évidente, un soin tout particulier. Pour le surplus, l'homme paraissait avoir dépassé la trentaine; il était de haute taille et une calvitie naissante prolongeait son front déjà haut; de ses cheveux, l'inconnu semblait avoir au moins autant de soin que de ses chaussures.

– Vous voudrez bien me pardonner de vous imposer ma présence quelque temps encore, dit-il du même ton suave dont il avait usé pour répondre au juge d'instruction. Vous voudrez bien me pardonner, surtout, de ne point vous avoir demandé au préalable si cette présence ne vous importunerait pas. On vous a dit mon nom voici un moment, mais peut-être l'avez-vous oublié? C'est extraordinaire ce que l'on peut facilement oublier mon nom! Cela doit tenir à sa consonance étrangère. Permettez-moi de me présenter: Wenceslas Vorobeïtchik ou, plus modestement : Wens.

Senterre toisa l'homme qui lui avait été tout de suite antipathique.

– Et vous êtes...? questionna-t-il.

– Apprenti détective, répondit l'autre sans sourire.

Senterre comprit aussitôt qu'il fallait opter et se faire sur-le-champ de cet homme un ami ou un ennemi. Il paraissait félin comme un chat et capable de griffer tout en ronronnant. Mais Senterre, encore qu'il s'avouât que cette attitude allait à l'encontre de ses intérêts, ne pouvait se résoudre à capituler et à faire bonne figure à « l'ennemi ».

– Je suppose que vous êtes officiellement chargé de l'enquête concernant la mort de mon ami Gernicot?

– Disons: « de sa disparition » si vous le voulez bien.

Depuis qu'il avait surgi de l'ombre, Asuncion n'avait cessé d'observer Vorobeïtchik. Au contraire de Senterre, elle se sentait attirée vers cet homme, et c'était un privilège de M. Wens que de rebuter les hommes et d'attirer les femmes. Il leur inspirait confiance et provoquait leurs confidences sans effort. Elles le sentaient proche d'elles.

– Je pense qu'il nous sera plus facile de nous entendre avec vous qu'avec l'encyclopédique M. Voglaire..., dit Asuncion avec un sourire charmant. Je pressens en vous un ami, ou me trompé-je?

C'était là un ultimatum en bonne et due forme, destiné à obliger son interlocuteur à se découvrir et à faire connaître ses intentions. Mais M. Wens s'y déroba avec un sourire qui était la réplique exacte de celui d'Asuncion et cette réponse qui était un autre ultimatum formulé dans les règles :

– Je n'ai eu d'autre désir, madame, en demeurant ici après le départ du juge d'instruction, que de faire plus ample connaissance avec vous et commencer à mériter, si possible, votre estime... Hélas! cela ne dépend pas que de moi!

Il regardait Senterre avec insistance.

Asuncion le regarda aussi et, devant cette prière muette, Senterre plia :

– Excusez-moi à mon tour si j'ai témoigné tantôt de quelque vivacité. La mort de mon ami – de deux de mes amis, pour mieux dire – m'a profondément affecté et les interrogatoires subis aujourd'hui m'ont mis les nerfs à vif. Je croyais bien en avoir fini lorsque vous êtes intervenu...

Il tendit la main à l'inspecteur :

– Voulez-vous me faire le plaisir de me serrer la main, monsieur Vorobeïtchik?

– Oh! vous pouvez m'appeler monsieur Wens! répondit le policier en souriant. Vorobeïtchik, cela fait vraiment un peu trop caveau caucasien!

Asuncion se réjouit de cette poignée de main. Elle pressentait en Vorobeïtchik une force et avait craint un instant que l'attitude de Senterre ne la leur aliénât.

– Ainsi, dit le détective, l'air songeur, vous êtes las des interrogatoires? Moi aussi, sachez-le, et si je ne craignais...

Il hésita.

– Parlez! insista Senterre.

– Si je ne craignais d'évoquer un souvenir d'autant plus pénible qu'il est plus récent, je ne vous cacherais pas mon envie de tâter d'un de vos cocktails...

Asuncion s'entremit :

– Il m'est arrivé, à moi aussi, de combiner de savants mélanges. Ne craignez-vous pas d'en goûter un de mon... inspiration ?

– Rien ne me serait plus agréable, assura M. Wens en souriant derechef.

Et l'on n'en pouvait douter, ni à son expression ni à son attitude.

« Drôle de corps, pensa Senterre. Qu'est-ce donc qui peut le retenir ici ? »

Le « drôle de corps » avait tiré de sa poche un étui à cigarettes en argent marqué à son chiffre : un *W* et un *V* intimement entrelacés. Il le tendit, ouvert, à Asuncion et à Senterre :

– Entre nous, que pensez-vous de cet homme roux ?

– Mais..., commença Senterre.

– Vous estimez naturellement comme moi que c'est un mythe, un trompe-l'œil ?

– C'est-à-dire...

– Eh bien, on ne saurait vous donner tort... C'en est un ! Grossier, mais efficace.

Senterre le considéra, éberlué.

– Votre homme roux, le voici ! acheva M. Wens.

Il avait tiré de la poche de son veston une paire de lunettes aux verres fumés :

– Du moins, c'en est une partie.

– Où avez-vous trouvé ça ?

– Dans la chambre de l'hôtel des Deux-Eglises.

L'étonnement de Senterre s'accrut :

– Un policier n'avait-il pas fouillé cette chambre sans y rien découvrir ?

– Dame, j'y étais passé avant lui ! J'aime voir les choses par moi-même. Désinvolte, mais méfiant !

Notez que cette unique trouvaille suffit amplement à détruire notre personnage.

– Comment cela?

– Voyez-vous un assassin portant une barbe rousse et des lunettes aux verres de couleur?... Au premier tournant, voilà notre homme repéré. Donc, barbe et lunettes : trompe-l'œil. La preuve, la voici. Un homme qui *a besoin* de porter des lunettes, qui *a besoin* de mieux y voir, ne les oublie pas dans une chambre d'hôtel, ne les quitte surtout pas dans les circonstances que vous savez. Je suis myope, mais pas au point de porter constamment des verres. Toutefois ils sont là...

M. Wens tira une paire de lunettes à monture d'écaille de la poche supérieure de son gilet :

– ... et je ne m'aventure nulle part sans eux. Conclusion : l'homme que nous recherchons n'a pas besoin de lunettes et, très probablement, ne porte pas de barbe. Un honnête homme barbu qui se déciderait, un beau matin, à faire une carrière dans le crime aurait pour premier soin de se faire raser, surtout s'il avait le poil roux.

– En ce cas, pourquoi ce grimage? demanda Senterre. Il ne paraît destiné qu'à faire prendre notre homme.

– Eh bien, dit M. Wens, c'est sans doute qu'il tient à se faire remarquer!

Et, tournant le dos à Senterre, il gagna la chambre à coucher :

– C'est bien ici, madame, que vous vous trouviez lorsque vous fûtes assaillie?

Asuncion posa le shaker et rejoignit M. Wens.

– Exactement ici.

– Cette porte qui donne sur le palier était-elle ouverte?

– Entrouverte, je crois. Je n'ai pas bien vu...

– Votre agresseur ne pouvait donc se trouver qu'à cet endroit?

L'inspecteur désignait l'angle formé par le battant vitré de la porte de communication et la porte de la chambre à coucher ouvrant sur le palier.

– Probablement...

– C'est certain! dit M. Wens.

Songeur, il regardait le lit.

– Je suppose que ce mobilier ancien exige une courtepointe de brocart, de soie brochée, ou quelque chose d'analogue? dit-il enfin en se tournant vers Senterre.

Celui-ci parut démonté par cette question. Il regarda Asuncion, puis le lit, avant de répondre :

– Bien entendu. Mais je... Je me demande où est passée cette courtepointe...

– Voulez-vous dire que vous ignorez ce qu'on en a fait? Elle devait être tachée de sang, je suppose que le juge d'instruction...

– Le juge d'instruction ne m'en a pas parlé. Quant à moi, j'avais totalement oublié ce détail. Si vous n'y aviez fait allusion...

– Bah, l'homme qui a emporté le corps de votre ami s'en sera servi pour l'y envelopper...

Pendant qu'Asuncion servait les cocktails, M. Wens s'approcha de Senterre :

– Lorsque vous êtes revenu avec le docteur, vous avez sans doute songé à prendre l'ascenseur pour aller plus vite?

– Nous avons voulu le prendre. Mais il ne marchait pas et nous avons dû emprunter l'escalier.

– N'a-t-il pas marché de toute la journée d'hier ou bien n'avez-vous fait cette constatation qu'au moment de votre retour?

– J'ai fait alors cette constatation. Mais il se peut que l'ascenseur n'ait pas marché de toute la journée.

Le portier vous renseignera mieux que moi à ce sujet.

– C'est juste, dit M. Wens.

Il alla à la fenêtre, son cocktail à la main :

– Cet homme à barbe était un bien habile tireur... Téméraire, mais habile. Ne pourriez-vous me confier un spécimen de votre écriture, monsieur Senterre, ainsi que de celle de vos amis? Et vous, madame, n'auriez-vous pas quelques mots écrits?...

Asuncion, sans poser de question superflue, lui tendit une carte de visite sur laquelle elle avait griffonné quelques mots de remerciements et qu'elle n'avait pas envoyée, mais Senterre ne put s'empêcher d'interroger en fouillant les tiroirs d'un petit secrétaire :

– Vous faites collection d'autographes, monsieur Wens?

– Oui, j'en possède déjà une demi-douzaine de criminels célèbres, repartit l'inspecteur du tac au tac. Sont-ce là les bagages de M. Namotte et de M. Gernicot?

– Les premiers seulement. Les autres ont été emportés par M. Voglaire. « Aux fins d'examen », paraît-il.

– Si cela ne vous fait rien, j'aimerais inventorier demain, avec vous, les bagages de M. Namotte.

– Volontiers. Mais prévenez-moi. Je quitte cet appartement pour un ou deux jours. Je logerai à l'hôtel Titanic.

– Ah! fit Vorobeïtchik qui paraissait déjà songer à autre chose.

Il demanda, en effet, après un temps :

– Je pense qu'il est impossible de communiquer avec vos amis Tignol et Gribbe?

– Tout à fait impossible. J'ignore tout d'eux depuis... Eh bien, depuis cinq ans! Je ne sais où ils se trouvent à l'heure actuelle, je ne sais quand ils seront ici.

M. Wens jeta sa cigarette :

– Voilà bien le hic! Ils ne pourront pas se défendre...

Et, sans même donner l'impression de vouloir s'expliquer davantage, il salua ses interlocuteurs d'un petit signe de tête, et referma la porte sur lui.

– *Madre*! s'écria Asuncion. Il n'a pas touché à son cocktail.

Et elle ne manqua pas de penser que c'était là un funeste présage.

IX

UNE FEMME, DEUX HOMMES

Le lac s'étalait à leurs pieds, sans une ride. Ils étaient seuls sur la terrasse, à une petite table couverte d'une nappe à carreaux bleus et blancs. Entre eux, un œillet rouge, d'un rouge aigu et près de sa fin, se mourait dans une flûte de cristal. Le maître d'hôtel, poussant à fond la dernière complicité de la saison, s'était éloigné après avoir éliminé quelques parasites de la radio qui rattachait cette terrasse au monde extérieur. Le parc s'était empreint d'une singulière majesté et les cygnes du lac, l'un derrière l'autre, s'en retournaient à leur retraite en traçant de longs sillons d'ivoire et d'émeraude.

– C'est le premier dimanche de septembre, dit Senterre.

Et il prit délicatement entre deux doigts, pour le poser sur une table voisine, le vase à l'œillet qui lui cachait une petite partie d'Asuncion.

La jeune femme était vêtue d'une robe floue, d'un violet sombre, au corsage barré d'un épais jabot de dentelle. Une barrette de diamant scintillait sur son sein gauche. Elle portait à l'annulaire un onyx en amande, monté sur un fil de platine. Et une telle harmonie se dégageait de la lourde masse de ses cheveux noirs débordant d'un grand chapeau blanc, de sa robe à la sévérité presque monacale, de son teint d'ocre chaud, de son jabot de fine dentelle et de ses bijoux que c'était en la regardant, elle, et non le lac sur lequel montait un fin brouillard, et non le parc qui se colorait de tons de pastels, que Senterre avait dit :

– C'est le premier dimanche de septembre...

Quelle étrange créature que cette femme, pensait-il, que cette Ségovienne à la voix égale, un peu lasse, dont la foi n'avait d'égale que la supersitition, qui, deux ans, avait attendu un homme rencontré deux heures – ou guère davantage – et à qui sa tragique disparition n'avait pas arraché une larme ! Quelles pensées abritait ce beau front poli comme un bouclier, un peu bas, et qui conférait tant d'énergie et de force à son visage ? A quoi pouvait la pousser l'intrépidité lue à la dérobée dans l'arc de ses sourcils et le pli de ses lèvres ? Jusqu'où l'amour – ou la haine – pouvaient-ils mener cette femme ?...

« Je l'aime ! Je l'aime ! » se répéta Senterre pour la centième fois ce soir-là. Il eût tout donné pour le lui dire, mais, devant son regard énigmatique, se troublait, perdait contenance. Il suffirait d'une question, d'un aveu précis, pour détruire, si Asuncion ne les attendait pas, ces moments d'intimité si précieuse, ces heures de tête-à-tête le plus souvent silencieux pendant lesquelles Senterre pouvait croire que le cœur de la jeune femme battait à l'unisson du sien, pendant lesquelles il pouvait se bercer de la plus douce et de la plus brûlante espérance. Alors, chaque fois, au moment de parler, il hésitait, renonçait...

Mais, comme il venait de dire cela : « C'est le premier dimanche de septembre » et qu'Asuncion levait sur lui son beau regard grave et lui souriait avec abandon comme du fond d'un rêve qu'il n'eût pas troublé mais bien contribué à rendre plus suggestif, Senterre prit courage tout à coup, avança la main sur la table et la referma sur celle de la jeune femme.

– Eh bien..., dit-il.

Il lui montrait le parc bientôt endormi dans la paix nocturne :

– Cela ne vaut-il pas les îles Bermudes?

Elle baissa la tête et il pensa qu'elle hésitait peut-être à lui livrer des yeux dans lesquels il eût pu découvrir trop aisément la certitude de son triomphe. Sa main serra davantage celle de la jeune femme et, la gorge sèche, il se mit laborieusement en devoir de chercher les pauvres mots qui devaient achever de trouver le chemin de son cœur.

Mais ce fut elle qui parla la première :

– N'est-il pas terrible de ne pouvoir se dire si Marcel est vivant ou mort, à l'heure actuelle?...

Senterre garda un moment le silence avant de répondre avec mauvaise grâce :

– Ce Vorobeïtchik ne m'inspire aucune confiance. Il n'a rien trouvé...

– Qu'en savez-vous? Il n'est pas homme à crier ses découvertes partout.

– Il ignore encore comment on a enlevé le corps de Marcel. Le concierge n'a rien vu et...

– Voyons, Georges! Vous l'aviez envoyé au commissariat.

– ... et l'ascenseur ne marchait pas. Vous imaginez-vous l'homme roux descendant Marcel sur ses épaules, dans l'escalier? Et une fois dans la rue, comment ne l'a-t-on pas remarqué? On ne se promène tout de même pas librement, même vers les minuit, un corps sanglant sur le dos!

– Mais..., dit Asuncion.

Ses ongles griffèrent la nappe :

– ... une voiture pouvait l'attendre à la sortie de derrière?

Elle regarda Senterre en face et il lut en ses yeux un appel désespéré :

– Georges, ne voulez-vous pas me dire si vous croyez... si vous pensez que Marcel est encore en vie, ou bien?...

Senterre secoua la tête :

– Personne ne pourrait vous répondre, mon petit. Toute cette histoire est si compliquée : ce coup de revolver, cet enlèvement du corps de Marcel, l'agression dont vous fûtes victime, ce tatouage...

– Le tatouage..., fit pensivement Asuncion. Je me demande souvent si on n'a pas enlevé Marcel à cause de ce tatouage.

– Je ne vois pas...

– Souvenez-vous de ce qu'il nous a dit... que ce tatouage seul permettait de trouver l'endroit où il a caché ce qu'il a rapporté de Pékin. *Si on avait enlevé Marcel pour le forcer à révéler le sens de son tatouage?...*

– Non, non! dit Senterre.

Il disait non par principe, parce qu'il était las de discuter, parce qu'il sentait la jeune femme lui échapper, parce que, même absent, mort peut-être, Gernicot continuait de se dresser entre eux, de les séparer. Mais il ne pouvait s'empêcher de trouver judicieux le raisonnement de la jeune femme. Il n'avait pas pensé à cela, à ce tatouage... Et Vorobeïtchik, lui, y avait-il songé? Il n'avait guère paru attacher d'importance à ce détail lorsqu'il lui avait été rapporté. Il est vrai que Vorobeïtchik ne semblait guère attacher d'importance à quoi que ce fût.

Senterre remplit le verre d'Asuncion. Toute à ses pensées, elle but le vin clair à petits coups et reposa sa coupe vide sur la table. Sournoisement, tout en désignant à la jeune femme un point du lac pour détourner son attention, Senterre la remplit à nouveau...

La nuit était là. Des voix diverses et confuses, aigres

ou voilées, s'élevaient dans l'ombre. Le maître d'hôtel alluma une lampe à pied à abat-jour rose et apporta discrètement un nouveau flacon. L'orchestre du Savoy, de Londres, entamait à ce moment, à des milliers de kilomètres de là, la valse alors célèbre : *Pagan Love Song*.

Penché en avant, Senterre s'aperçut de la subite altération des traits d'Asuncion.

– *Madre!* dit-elle d'une voix basse, rauque et cependant toujours chantante. Que de souvenirs!...

Senterre, aux côtés de la jeune femme, n'était jamais en possession de tout son sang-froid. Mais il suffisait qu'elle s'écriât : « *Madre!* » sur ce ton et en faisant cette moue pour qu'il perdît instantanément le peu qui lui en restait.

Il dit :

– Mon petit... Voulez-vous m'accorder cette danse?... Peut-être parviendrai-je à vous aider à recréer une illusion?...

Asuncion parut hésiter, puis se leva et entrouvrit les bras. Fougueusement, au risque de dissiper d'un coup l'illusion qu'il s'était proposé de recréer, le jeune homme l'enveloppa étroitement et l'entraîna en dansant loin de la lampe à abat-jour rose, vers le bout de la terrasse d'où l'on voyait le mieux le ciel piqué d'étoiles.

Mais, comme ils passaient devant une des trois baies qui faisaient communiquer la terrasse avec la salle de restaurant, une voix brève prononça ce simple mot :

– Bonsoir.

L'enchantement était rompu. Le couple s'arrêta. Senterre libéra sa compagne et fit un pas en avant, scrutant l'obscurité.

La voix reprit, maussade :

– Que je ne vous empêche pas, au moins, de vous amuser...

– Toi! dit enfin Senterre, reconnaissant Perlonjour.

Sans qu'il le voulût, son ton était plein de reproche.

– Je m'ennuyais, répondit Perlonjour. Alors...

– ... tu es venu nous ennuyer? Merci tout de même.

Asuncion posa la main sur le bras de Senterre :

– Je voudrais rentrer...

– Comme il vous plaira, chère amie. Le temps de prendre votre manteau. Vous l'avez laissé sur votre chaise?

– Le voici, dit Perlonjour.

Oui, l'enchantement était rompu! Senterre s'abandonnait tout entier à une colère silencieuse. Que signifiait cette intrusion de son ami? Il ne lui avait pas dit qu'il dînerait avec Asuncion, ni où... Alors, Perlonjour l'épiait?

Demeuré en arrière pour récompenser comme il convenait le maître d'hôtel de ses bons et loyaux services, Senterre atteignit le perron comme Perlonjour, à quelque cinq mètres de là, s'écartait brusquement d'Asuncion.

Le visage fermé, Georges descendit rapidement les marches, dépassa son ami et la jeune femme sans les regarder, ouvrit la portière de la luxueuse conduite intérieure qu'il avait achetée la veille :

– Mettez-vous dans le fond, tous les deux!

Et il s'installa au volant avec la furieuse envie de casser quelque chose.

X

URGENT ET CONFIDENTIEL

L'homme prit sa valise dans le filet et la posa sur la banquette. Puis il se pencha pour la nième fois à la portière du compartiment.

Il était de taille moyenne, trapu. Il avait des poings noueux, un visage haut en couleur, des cheveux très blonds, des yeux très bleus, une petite moustache roussie par la nicotine. A ses tempes, des veines saillaient. Il était vêtu d'un complet bleu de bonne coupe et d'un pardessus raglan de couleur beige; il portait des guêtrons clairs, tenait à la main un chapeau de feutre mou et un brillant piquait sa cravate. Le tout d'une récente mais solide élégance, cette particulière élégance des hommes pressés et des globe-trotters qui renouvellent une garde-robe en vingt-quatre heures, le premier port atteint.

Le voyageur rentra la tête dans le compartiment et alluma un cigare étêté d'un coup de dents précis. Il en tira quelques bouffées gourmandes puis enfila des gants qu'il n'avait certes pas portés plus d'une ou deux fois. Il ne pouvait réussir à dissimuler une immense, une débordante satisfaction à se trouver vêtu de neuf des pieds à la tête, à serrer entre ses lèvres un cigare de choix, à s'apprêter de descendre d'un compartiment de première classe.

Le train pénétra dans la grande gare enfumée, déjà envahie par les ombres de la nuit. Le voyageur ouvrit la portière et héla un porteur qu'il précéda au long des quais, à la façon d'un homme que rien ne peut détourner de son chemin. Il ne cessait de regarder tout autour de lui, ses yeux luisant d'un intérêt admiratif que le décor était absolument insuffisant à justifier.

La porte de la gare franchie, le voyageur avisa un taxi, mais, avant d'y monter, demeura un long moment sur le trottoir à jeter sur ce qui l'entourait les mêmes regards émerveillés. En prenant place dans la voiture, il grommela quelques mots confus, quelque chose de ce genre :

– Cinq ans... Bon Dieu, comme ça change!...

Après un moment, il s'étonna que la voiture ne partît pas et en fit l'observation au chauffeur. Celui-ci répondit avec mauvaise grâce qu'il attendait toujours qu'on voulût bien lui donner une adresse.

Le voyageur sourit en constatant que, parmi tant de témoignages du progrès, l'humeur des chauffeurs de taxi de sa ville natale n'avait pas changé. Il jeta à l'homme le nom d'un des meilleurs hôtels de la capitale puis, jambes étendues, confortablement carré sur les coussins de cuir de la voiture, se mit en devoir de comparer son retour triomphant d'aujourd'hui à son lamentable départ d'il y a cinq ans.

Par des rues dont il réapprenait les noms à mesure, il atteignit l'hôtel quelques secondes avant un autre taxi qui s'arrêta derrière le sien, le long du trottoir. Il pénétra dans le hall large et clair d'un pas assuré et ne pensa pas à se retourner : un homme dans sa situation ne se retourne pas et ne regarde ni à droite, ni à gauche lorsqu'il entre dans un palace.

Au bureau, il réclama le meilleur appartement de l'établissement. Le gérant, à qui les exigences professionnelles avaient appris à s'y connaître en hommes, le lui accorda sans délai et poussa devant lui le registre des voyageurs.

L'inconnu ouvrit son pardessus et décrocha de la poche intérieure de son veston un stylographe d'or. Puis il écrivit, d'une main lourde, appuyée : *Nestor Gribbe.*

Devant la formule : *Venant de...*, sa plume parut hésiter une seconde, puis traça rapidement, en caractères gras, écrasés : *Winnipeg.*

Pendant ce temps, le chauffeur de taxi qui l'avait amené échangeait quelques mots avec celui de l'autre voiture qui venait, elle aussi, de s'arrêter devant l'hôtel et dont était descendu un homme de haute taille, à la barbe noire et aux lorgnons cerclés d'or :

– Tu me suivais?

– Oui. Une idée de ce type que j'ai chargé. Un « louf » ou un type de « la rousse » peut-être... « Suivez cette voiture », qu'il m'a dit – la tienne, mon vieux – « et tâchez de ne pas la lâcher, hein? Il y aura un bon pourboire... »

Ayant signé le registre de l'hôtel, Nestor Gribbe se fit désigner la cabine téléphonique par un chasseur. Il réclama un numéro, entendit résonner une lointaine sonnerie, mais n'obtint pas de réponse. Une deuxième tentative ne fut pas plus heureuse.

– Tant pis! monologua l'homme à qui les grandes solitudes avaient appris à se parler à lui-même à voix haute. Peut-être aurais-je dû écrire?... Tant pis!

En sortant de la cabine, il se heurta à un homme dont il distingua mal le visage. Il fit quelques pas, puis se retourna. L'homme portait une barbe noire et des lorgnons cerclés d'or.

« Où diable, pensa Gribbe, ai-je vu cette tête-là? »

Il devait se reposer cette question dans la salle de restaurant de l'hôtel où il dînait une heure plus tard. Il devait se la reposer au music-hall où il passa la soirée après avoir réclamé encore une fois sans succès le même numéro de téléphone que quelques heures auparavant. Il devait se la reposer en regagnant à pied son hôtel et en se déshabillant devant la psyché de sa luxueuse chambre à coucher.

Nestor Gribbe sonna le garçon d'étage et se fit apporter une bouteille d'eau minérale qu'il vida complètement avant de se mettre au lit. Il était un peu dépité de n'avoir pu joindre son ami Senterre et se demandait même s'il ne revenait pas le premier des six à ce rendez-vous dont la date et l'endroit avaient été arrêtés cinq ans plus tôt. Il finit par s'endormir et se revit en rêve aux prises avec ce ruffian de Lincoln avec qui il avait dû batailler deux ans pour l'établissement de ces comptoirs de fourrures...

Il se réveilla fort tôt, comme « là-bas ». Il était entouré d'un silence impressionnant. Etendu dans son lit, jouissant délicieusement de la tiédeur des draps, il se mit à fumer, les yeux clos... Comme tout, désormais, allait être facile, merveilleux!... Demain il serait dans les bras de sa vieille maman. Il lui avait rapporté une robe de soie, un châle aux franges rouges et un chapelet dont les grains étaient de corail, dont le crucifix était d'or... Comme elle allait être heureuse!...

Il se leva au premier coup de huit heures, ayant épuisé sa boîte de cigarettes. En se barbouillant le menton de mousse de savon, devant la psyché, il se mit à chanter :

Dit le vieil Obadiah au jeune Obadiah :
Je suis sec, Obadiah, je suis sec,
Dit le jeune Obadiah au vieil Obadiah :
Moi aussi, Obadiah, moi aussi.

Mais il avait perdu l'habitude de se raser : là-bas il avait laissé pousser sa barbe, une belle barbe toute dorée, drue et frisée. Et puis les coiffeurs du bord... Non, décidément, il ne savait plus et l'alun se révélait impuissant à sécher le sang de ses estafilades.

Enfin revêtu de son complet bleu, il sonna le garçon d'étage et réclama son petit déjeuner. Sur le plateau qu'on lui apporta, se trouvait une large enveloppe grise à son nom, non timbrée, où s'étalait cette mention : *Urgent et confidentiel.*

– Le courrier... crut devoir expliquer le garçon devant le regard étonné de Nestor Gribbe.

Celui-ci déchira l'enveloppe et en tira une feuille de papier quadrillé pliée en deux. Il congédia le garçon d'étage avant de l'ouvrir et y lut, ceci, tracé en capitales d'imprimerie par une main inconnue :

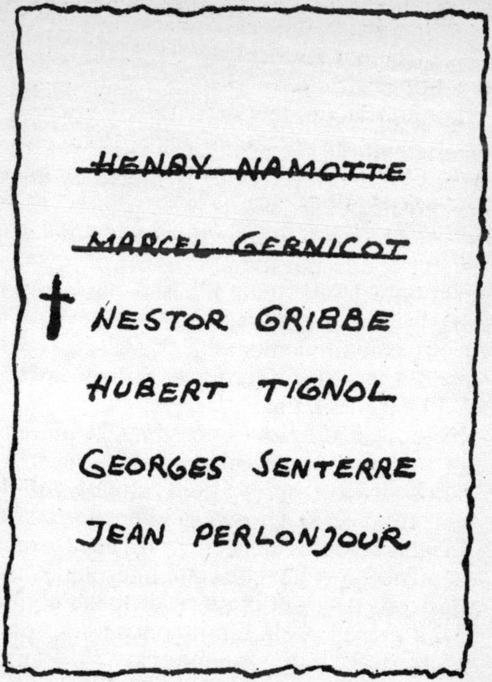

Nestor Gribbe ne lisait jamais les journaux. Il ignorait, par conséquent, la mort de Namotte et l'étrange disparition de Gernicot. Il ne comprit pas.

XI

LA TROISIÈME VICTIME

– Monsieur Vorobeïtchik, voulez-vous me répondre franchement? dit Senterre.

Le détective était venu, une heure plus tôt, le tirer de son lit à l'hôtel Titanic et le prier de bien vouloir lui ouvrir son appartement afin qu'il pût se livrer à un nouvel examen des lieux. A contrecœur, Senterre, qui ne pouvait combattre son antipathie vis-à-vis du détective, s'était rendu à ses instances.

M. Wens leva les yeux sur Senterre et un sourire ironique retroussa ses lèvres :

– Me croyez-vous vraiment capable de répondre franchement à une question?

Senterre en doutait, mais n'hésita pas à répondre :

– Certainement. Dites-moi...

– Oui, fit machinalement M. Wens.

– Pensez-vous que Gernicot puisse encore être vivant à l'heure actuelle?

Vorobeïtchik fit quelques pas dans la pièce.

– Je ne sais pas! avoua-t-il soudain. Vous m'avez dit qu'il paraissait fort grièvement atteint, qu'il avait perdu beaucoup de sang, que sa chemise et la courtepointe en étaient toutes tachées... S'il a eu la force de survivre à son transport hors de cette maison, je doute que « l'homme roux » – continuons à l'appeler comme cela – lui ait fait grâce... Cela serait contraire au plan qu'il semble s'être tracé... Je crois plutôt – pardonnez-moi, vous m'avez prié de vous répondre franchement – que le corps de votre ami émergera un de ces jours du canal...

Senterre ne put réprimer un frisson :

– Avez-vous réfléchi qu'on a peut-être enlevé Marcel à cause du tatouage qu'il portait à la poitrine? Peut-être est-il séquestré à l'heure actuelle, peut-être tente-t-on par la contrainte de lui faire révéler le secret de sa cachette? C'est horrible de penser cela et de ne pouvoir, nous, ses amis, voler à son secours...

M. Wens haussa les épaules.

– Idée de femme! dit-il simplement.

– Idée de femme, vous trouvez?

Senterre rougit et se sentit rougir :

– Je n'imagine cependant pas d'autre motif à l'enlèvement du corps de Marcel... Vous-même...

– Oh! moi, je ne vois aucun motif! admit M. Wens.

Il ajouta, pensif:

– Mais naturellement, il doit y en avoir un...

– Naturellement! railla Senterre. Peut-être ne voyez-vous pas non plus comment on a pu procéder à cet enlèvement?

– Non, dit M. Wens. Je ne vois absolument pas.

– En attendant, l'homme roux court encore. J'ai juré à Gernicot de le venger. Or, voilà plusieurs jours...

– Exactement cinq.

– Or, voilà cinq jours qu'il a disparu, que sa fiancée et moi nous demandons avec une angoisse croissante s'il est vivant ou mort. Vivant, il nous faut le secourir. Mort...

– ... il conviendrait que sa fiancée en fût informée.

Senterre regarda M. Wens avec méfiance. Que voulait insinuer le détective?

– Veuillez vous expliquer, dit-il sèchement.

– Mais il n'y a rien à expliquer, cher monsieur! Si M. Gernicot est mort, il conviendrait que tout le monde le sût, Mlle Asuncion la première. Garder sa parole à un vivant, rien de plus naturel. Mais à un mort!... Ce serait pour le moins irritant, n'est-ce pas? Noble, mais irritant.

M. Wens, ce disant, s'était dirigé vers la chambre à coucher.

Senterre, immobile, absolument furieux, l'entendit bientôt fureter de droite et de gauche. L'inspecteur ouvrit la porte qui donnait sur le palier, sortit, rentra et, par la porte de communication entrouverte, Senterre l'aperçut agenouillé près du lit, examinant soigneusement le tapis... Qu'espérait donc trouver le policier? Des traces de pas, des cendres de cigarettes, quelque cheveu coupé en quatre? Ou bien s'attendait-il à lire dans les dessins du tapis grenat l'histoire de l'enlèvement de Gernicot?

C'était puéril et lamentable... Senterre haussa les épaules et, pour tuer le temps, se mit en devoir d'ouvrir les malles et les valises de Namotte, rangées dans un coin du salon.

Tout en examinant les bagages de son pauvre ami, Senterre songeait. Il ne manquait pas de sujets sur lesquels il pût songer profondément, ou mélancoliquement. La merveilleuse aventure, comme il l'appelait encore quelques jours plus tôt, finissait on ne peut plus mal. Il y avait cette première mort mystérieuse, puis cette disparition de Gernicot, ce criminel inconnu qui, s'il fallait en croire Marcel, allait les frapper tous les six l'un après l'autre, sans rémission... Il y avait aussi et surtout Asuncion, cette énigme faite femme, et la curieuse conduite de Perlonjour la veille au soir...

– Voyons, dit Senterre d'un ton assez élevé pour que Vorobeïtchik pût l'entendre de l'autre pièce, un homme ne se volatilise pas comme cela! Deux hommes plutôt, dont l'un agonisant... N'avez-vous donc rien trouvé depuis cinq jours?

La réponse se fit attendre :

– Si, mais ces trouvailles n'expliquent rien et compliquent tout... Momentanément, du moins.

– N'avez-vous recueilli aucun témoignage?

– Aucun.

– Mais...

Senterre hésita avant de poursuivre.

– ... vous parliez l'autre jour du mortel danger suspendu sur notre tête à tous... Ne ferez-vous donc rien pour nous protéger?

La sonnerie du téléphone intérieur lui coupa la parole.

– Ce doit être le concierge, dit Senterre.

Sans se presser, il alla décrocher l'appareil.

– Allô... Oui... Quoi? Que dites-vous?... Naturellement!...

– Qu'est-ce que c'est? cria M. Wens, de la chambre à coucher.

– C'est Gribbe! Nestor Gribbe! hurla Senterre. C'est Gribbe! Ce vieux Gribbe!

Il courut à la porte de l'appartement qu'il ouvrit toute grande :

– Il arrive! J'entends l'ascenseur qui monte!

Et il traversa le palier en courant.

M. Wens se releva et épousseta son pantalon, à la place des genoux. Il était curieux de rencontrer Gribbe. « Ce rescapé! » ne pouvait-il s'empêcher de penser. Il gagna le salon sans se presser afin de ne pas troubler les effusions des deux amis.

Soudain, un cri strident, désespéré, le fit bondir jusque sur le palier.

Il aperçut Senterre qui, près de l'ascenseur ouvert, tenait un homme dans ses bras. La tête et les bras de cet homme pendaient et il avait un stylet enfoncé dans la nuque.

XII

LE MORT DANS L'ASCENSEUR

Les conditions pour le moins étranges du meurtre de Nestor Gribbe fournirent pour la première fois à M. Wens l'occasion de briller dans la mystérieuse affaire dont il était chargé...

– Vite! ordonna-t-il à Senterre. Téléphonez au concierge et dites-lui de venir nous trouver ici avec deux agents.

– Mais...

– Ne perdez pas une seconde! Je m'occupe du corps...

De fait, il l'étendit sur le palier, face contre terre, examinant sans y toucher le stylet qui avait causé la mort du « troisième des six ». La poignée d'argent en était artistement travaillée et avait dû être jadis garnie de pierres précieuses qu'on avait fait sauter de leurs alvéoles. Cette constatation amena un sourire furtif sur les lèvres de l'inspecteur.

Il se releva et jeta un regard pensif dans la cage de l'ascenseur arrêté en face de lui.

– Dites? fit une voix haletante, derrière lui. Est-ce qu'il est mort?

– Après un coup pareil?... Naturellement!

M. Wens considéra longuement Senterre qui venait de ressortir de son appartement et dont le visage traduisait une foule de sentiments violents, dont le chagrin et l'horreur.

– Ce... C'est une chose inouïe! balbutia Senterre dont les mains tremblaient. Co... Comment est-il arrivé jusqu'ici?

– Eh bien, par l'ascenseur!

– Par l'ascenseur? se récria Senterre. *Depuis quand un mort est-il à même de manœuvrer un ascenseur?*

A ce moment, le concierge et deux agents de police, dont on entendait depuis un moment les pas dans l'escalier, apparurent sur le palier. Tous trois eurent un haut-le-corps en apercevant le cadavre de Nestor Gribbe, mais, avant qu'ils eussent eu le temps de formuler le moindre commentaire, M. Wens avait entraîné les deux agents à l'écart.

Il les mit rapidement au courant de ce qui venait de se passer, leur enjoignant de monter une surveillance discrète à la porte de l'immeuble et de n'y laisser pénétrer que les locataires des divers appartements. Il demanda également à l'un d'eux d'aller chercher un troisième agent qui aurait pour mission de venir rejoindre M. Wens sur le palier du second étage et d'y monter la garde.

Les deux agents s'apprêtaient à redescendre lorsqu'un nouveau pas retentit dans l'escalier. Un instant plus tard, Jean Perlonjour atteignait le palier.

– Bon Dieu! s'écria-t-il. Qu'est-ce que cela?

– *Cela,* c'est le corps de votre ami Nestor Gribbe qui vient d'être assassiné il n'y a pas dix minutes, dit M. Wens. Que venez-vous vous-même faire ici?

Le ton dont la question était posée fit sursauter le jeune homme.

– J'avais à parler à Senterre, répondit-il d'une voix rauque. Je suis d'abord passé à son hôtel. On m'y a affirmé que je le trouverai ici...

– Puis-je pousser l'indiscrétion jusqu'à vous demander ce que vous aviez à dire à votre ami?

– Il s'agit d'une question strictement personnelle.

M. Wens parut hésiter une seconde, puis se détourna.

– Allez, le temps presse, dit-il aux agents. Vous, venez ici.

« Vous », c'était le concierge. Complètement affolé, il s'approcha en tremblant. Deux crimes en une semaine dans la maison... Il n'en supporterait certainement pas un troisième.

– Ne craignez rien, dit M. Wens. Et dites-moi comment cet homme est entré ici.

Le concierge se recueillit une minute avant de répondre d'une voix mal assurée :

– Je me trouvais dans ma loge quand il franchit la porte d'entrée. Il me dit venir voir M. Senterre. Je connais les amis de M. Senterre – il m'a répété hier encore les noms de ceux qu'il attendait – et, lorsque ce... ce monsieur m'eut déclaré s'appeler Gribbe, je le conduisis directement à l'ascenseur. Je regagnai ensuite ma loge pour prévenir M. Senterre de son arrivée... C'est tout.

– Dois-je comprendre que vous l'avez introduit dans la cabine?

– Oui, je... Je lui ai expliqué le fonctionnement de l'appareil et je... J'ai refermé moi-même la porte extérieure...

– Avez-vous vu monter l'ascenseur?

– Non, monsieur. Il n'avait pas encore quitté le rez-de-chaussée quand je regagnai ma loge pour téléphoner à M. Senterre.

– Je me demande bien pourquoi.

– Ce... La victime allumait un cigare quand je l'ai quittée.

– Vous n'avez rien entendu de particulier?

– Non. C'est-à-dire... J'ai entendu se refermer la porte intérieure.

– Si je ne me trompe, il existe deux entrées à cet immeuble et celle de derrière demeure sans surveillance?

– Oui, elle est réservée aux fournisseurs.

– Aux fournisseurs et, apparemment, aux meurtriers. Comment fonctionne cet ascenseur? La personne qui s'y trouve peut-elle, en ouvrant la porte intérieure, s'arrêter, s'il lui plaît, entre deux étages?

– Oui, monsieur. Mais...

– Me serait-il possible, l'ascenseur une fois en ordre de marche, d'atteindre le tableau de commande de l'extérieur en glissant la main entre les barreaux de la cage et d'envoyer ainsi la cabine aux étages supérieurs?

– Non, monsieur. Les portes fermées, le tableau est hors de portée.

Senterre, qui avait profité de ces dernières répliques pour prévenir le Parquet par téléphone reparut, une feuille de papier à la main :

– Voici un plan du rez-de-chaussée de l'immeuble. Si cela peut vous aider...

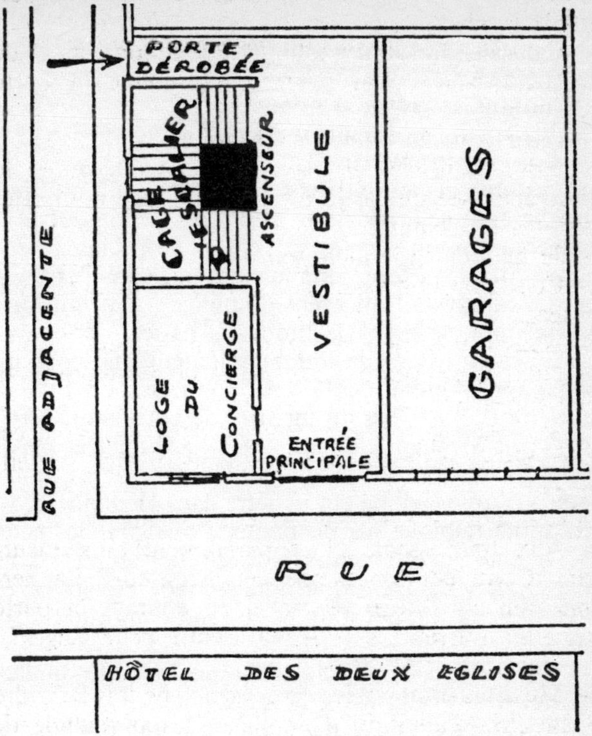

– Merci, dit M. Wens en s'emparant du plan et en le déployant (1).

Que l'assassin de Nestor Gribbe se fût introduit par la porte de derrière et se fût caché dans cette partie du vestibule, il n'en fallait pas douter. Mais ensuite?...

L'inspecteur s'adressa au concierge :

(1) Pour la clarté du récit, nous reproduisons ce plan.

– Vous dites avoir entendu se refermer la porte intérieure en regagnant votre loge... *Mais l'ouverture de la porte extérieure n'eût-elle pas produit le même bruit?*

L'homme se gratta la nuque :

– Ma foi si, monsieur, ou à peu près...

– Bon, dit M. Wens.

Il prit une cigarette dans son étui et se mit à fumer, absorbé dans ses réflexions. Senterre, Perlonjour et le concierge, immobiles à ses côtés, respectaient son silence. Il y eut encore une fois des pas dans l'escalier, des pas rapides, et un agent de police parut qui, sans souffler mot, se tint à la limite du palier.

– L'assassin possède indubitablement une connaissance approfondie des lieux, connaissance qu'il a peut-être acquise lors du meurtre de votre ami Gernicot, reprit M. Wens. A mon avis, il a dû entrer par la porte de derrière et se dissimuler dans le vestibule jusqu'à ce que Gribbe eût pénétré dans la cabine. Il l'y aura alors rejoint sous un prétexte quelconque, peut-être même ouvertement. Il devait porter son stylet dans sa manche. Détourner une seconde l'attention de sa victime, la frapper d'un coup foudroyant, jeu d'enfant...

– Croyez-vous? objecta Senterre. Quelle audace n'aurait-il pas fallu à cet homme pour...

– Tout nous prouve que c'est un homme d'audace. Et puis, il ne lui fallait pas tellement d'audace! Surpris par le concierge avant le meurtre, il en eût été quitte pour décliner une quelconque identité, déclarer être entré par la porte de derrière et témoigner de son désir de rendre visite à un quelconque locataire habitant aux étages supérieurs.

– Mais après? *Après?* insista Senterre. Gribbe m'est apparu assis sur la banquette du fond, la tête appuyée à la paroi, le chapeau fortement enfoncé sur les yeux... Il n'a par conséquent pas pu...

M. Wens poussa une exclamation :

– Mais naturellement qu'il n'a pas pu!... Une question, monsieur Senterre : quand vous avez ouvert la porte de l'ascenseur, la cabine avait-elle complètement atteint le palier?

– Maintenant que vous m'y faites penser..., non! Dans ma hâte de serrer Gribbe dans mes bras, intrigué aussi par son attitude, j'ai ouvert la porte extérieure avant que l'appareil fût à bout de course.

– Nous y voilà! enregistra le détective avec une évidence satisfaction. C'est *vous* qui avez arrêté la cabine! Elle ne s'est pas arrêtée *toute seule!*

– Quelle différence cela fait-il?

– Une énorme différence!

Senterre se permit un discret haussement d'épaules :

– J'ai peut-être immobilisé la cabine. Mais ce n'est tout de même pas moi qui l'ai mise en branle, n'est-ce pas? Expliquez-nous donc comment elle est montée.

– Volontiers, dit M. Wens. Du moins si vous voulez bien vous prêter à une petite reconstitution... Vous...

Il s'adressait à l'agent :

– Vous allez vous tenir auprès du cadavre. Quoi que vous voyiez pendant les cinq minutes qui vont suivre, ne bougez pas d'ici. Vous...

Il se tourna vers le concierge :

– Vous allez descendre avec moi et monsieur qui tiendra le rôle de la victime...

Il désignait Perlonjour.

– Vous enfin, dit-il en s'adressant à Senterre, vous allez regagner le salon et y attendre le coup de téléphone du concierge... Vous libérerez M. Perlonjour quand la cabine atteindra le palier... Vous n'aviez pas mis beaucoup de précipitation à décrocher le récepteur... N'en mettez pas davantage maintenant.

M. Wens avait refermé les portes de l'ascenseur. Il gagna le rez-de-chaussée avec Perlonjour et le concierge, faisant entrer le premier dans la cabine et renvoyant l'autre à sa loge.

– Vous voilà tué, mon cher! dit-il à Perlonjour. Bien vivant, mais tué. Patientez un moment... Vous n'allez pas tarder à quitter terre...

A peu près au même moment, Senterre entendait résonner la sonnerie du téléphone et traversait la pièce pour décrocher l'appareil. En atteignant le palier, il enregistra comme la première fois le bruit de l'ascenseur qui montait. Puis il l'aperçut progressivement, découvrit Perlonjour là où il avait vu Gribbe, s'avança vivement vers la porte de la cage qu'il ouvrit comme la cabine arrivait à sa hauteur...

– Je n'y comprends rien! dit Perlonjour. M. Wens m'a fait un petit salut à travers la grille, puis a disparu. Je n'ai pas touché au tableau de commande. La cabine s'est élevée toute seule.

– Où est Wens? questionna Senterre pour toute réponse.

– Ici! fit une voix.

Senterre se retourna, stupéfait : l'inspecteur descendait tranquillement l'escalier.

– Comprenez-vous maintenant? dit-il lorsqu'il eut atteint le palier. Le meurtrier n'a pas fait monter l'ascenseur du rez-de-chaussée. *Il l'a appelé du troisième étage...*

– Bon Dieu! fit Senterre, se rappelant les paroles prophétiques de Gernicot : « Une puissance quasi infernale... »

M. Wens s'enveloppa d'un nuage de fumée :

– Résumons! Le coupable, je vous l'ai dit, devait être caché dans le vestibule. Son coup fait, il sort de l'ascenseur et en referme les portes. La machine est en ordre de marche. Dans sa loge, le concierge décroche le récepteur du téléphone pour prévenir M. Senterre... Notre homme, alors, s'élance dans l'escalier, le gravit quatre à quatre et atteint probablement ce palier au moment où vous, Senterre, raccrochez l'écouteur. Il gagne avec la même célérité le troisième étage – ou, qui sait? le quatrième – et, de là, appelle l'ascenseur contenant le cadavre de Gribbe. Mais la cabine n'ira pas jusqu'au troisième – ou jusqu'au quatrième – puisque *vous l'arrêtez au passage*...

– Habile, mais hasardeux, dit Senterre, plagiant inconsciemment son interlocuteur.

– Cela vous paraît tel après coup. Mais vous avez vu que la pratique donne d'excellents résultats, si j'ose dire...

– Pourquoi le meurtrier ne s'est-il pas tout simplement enfui par la porte dérobée? objecta Perlonjour.

– Lui seul le sait! Peut-être l'a-t-il tenté et vous a-t-il aperçu? Vous êtes arrivé ici presque aussitôt après le crime, ne l'oublions pas. Peut-être a-t-il craint que le concierge ne ressortît de sa loge sitôt après son coup de téléphone, ne l'aperçût, s'approchât de l'ascenseur et ne donnât l'alarme?... Peut-être a-t-il tout simplement agi ainsi par amour du danger, ou de la besogne bien faite. Cette livraison à domicile – pardonnez-moi l'expression – est l'œuvre d'un artiste du crime... Veuillez maintenant m'excuser si je vous quitte quelques minutes : il me faut essayer de découvrir là-haut le chemin suivi par notre homme dans sa fuite.

Senterre et Perlonjour virent le détective enfouir la main droite dans la poche de son veston et s'engager dans l'escalier.

Ils demeurèrent un long moment immobiles, puis Perlonjour s'approcha à petits pas du corps de Nestor Gribbe auprès duquel l'agent de police montait une garde vigilante.

Il le considéra un moment en silence, puis murmura :

– Pauvre vieux!

Senterre, à son tour, parla.

– Jean..., dit-il.

Et sa voix tremblait.

Perlonjour se retourna.

– Eh bien?

– Il faut... Il faut nous défendre! Gernicot avait raison. Notre tour viendra... Il faut nous défendre, Jean.

M. Wens redescendait déjà.

– C'est bien cela, dit-il, esquissant un geste vague. Les toits...

Lui-même paraissait accablé.

– J'ai peine à croire que les choses se soient passées comme vous venez de nous l'expliquer, dit soudain Senterre. N'y a-t-il vraiment aucune autre explication?

M. Wens le regarda avec attention.

– Si, dit-il soudain. Il y en aurait bien une autre... Mais celle-là est si horrible que je me refuse à l'envisager...

Il jeta sa cigarette qui n'avait pas quitté ses lèvres, l'écrasa machinalement sous son talon et acheva :

– Du moins, pour le moment.

XIII

A FRIDA, POUR LA VIE

– Du lait?

– Merci, non.

– Du citron?

– Merci, oui.

Senterre, cette réponse faite, se pencha en avant, considérant Asuncion avec une curiosité passionnée... Sa grâce lui donnerait donc toujours sujet à émerveillement?

La jeune femme s'approcha de lui, une tasse à la

main. Cinq années d'aventures dans des décors le plus souvent sordides n'avaient pas empêché Senterre de redevenir très vite, dans le cadre de la grande cité, le parfait homme du monde qu'il était jadis. Il prit la tasse des mains d'Asuncion, la posa sur un petit guéridon de laque rouge qu'il rapprocha adroitement de son fauteuil avec la pointe de son soulier et, avant même qu'elle eût pu prévoir son geste, il avait attiré la jeune femme à lui par les poignets.

Senterre ne se pressait pas de parler, tout à son admiration. Asuncion portait une étroite jupe lie-de-vin et un chemisier de soie blanche. Un collier de perles noires tranchait sur la matité de son cou ainsi qu'un lien. Elle était grave, comme à l'ordinaire, mais d'une gravité tranquille, équilibrée, qui déconcertait le jeune homme. Pour la centième fois il ne pouvait se passer de se demander si cette femme éprouvait de la tristesse de la disparition de son fiancé, de sa mort probable. Voilà une heure qu'il se trouvait en sa compagnie et elle n'avait pas seulement prononcé une seule fois le nom de Marcel... Pensait-elle encore à Marcel?

Ah! pouvoir la saisir dans ses bras, la serrer contre lui, la serrer à la faire frémir, lui crier enfin son amour!

Senterre pensait cela, évoquait cela, et Senterre restait assis. Une force le maintenait assis. « C'est, pensa-t-il, dépité, que j'ignore si Gernicot est vivant ou mort... »

Il lâcha les mains d'Asuncion et elle alla tranquillement se rasseoir en face de lui, de l'autre côté de la table. N'était-il pas possible que cette femme fût comme lui victime d'une question demeurant sans réponse, prisonnière d'une situation sans issue?

« Elle ne doit certainement plus aimer Marcel, songea Senterre. Je sens qu'elle ne l'aime plus. » Etait-ce lui qu'elle aimait, d'ailleurs, lui qu'elle avait vu si peu de temps, dont elle ignorait tant de choses? N'était-ce pas plutôt l'image qu'elle s'était faite de lui et que son retour sans gloire avait dû irrémédiablement détruire?...

Il s'appliquait à évoquer toutes ses entrevues avec la fiancée de son ami, depuis la première visite qu'elle lui avait rendue dans son appartement jusqu'à ce rendez-vous qu'elle lui avait accordé, le premier dimanche de septembre, et que Perlonjour avait si malencontreusement interrompu. Il pensait aux gestes qu'elle avait faits, aux mots qu'elle avait dits, se demandant avec fièvre s'il n'en était aucun auquel il pût attribuer un sens conforme à ses désirs, dont il pût prendre avantage, qui pût passer, sinon pour un aveu, du moins pour un encouragement. Mais Senterre ne se montrait pas seulement sincère envers autrui, il se montrait aussi sincère envers lui-même et s'avouait qu'Asuncion ne lui avait jamais témoigné autre chose que de l'amitié, une amitié indirecte dont il fallait voir la cause dans son amour pour Marcel... Mais elle ne devait plus aimer Marcel, et alors...

Il aurait fallu lui parler. Senterre le comprenait en même temps qu'il sentait le courage nécessaire lui manquer, « l'audace » serait plus juste. Il aurait fallu lui parler sans détour, lui dire simplement et honnêtement les choses, remettre son bonheur entre ses petites mains, sans calcul. Senterre ne pouvait s'y résoudre.

– Vous m'excusez? dit soudain Asuncion comme on sonnait à la porte de l'appartement. Je crains qu'Elise soit sortie...

Senterre voulut se proposer d'aller ouvrir, mais la jeune femme avait déjà quitté la pièce. Il l'entendit qui échangeait quelques mots avec un visiteur, puis la porte se rouvrit. Il appréhendait de voir apparaître Vorobeïtchik. Il vit entrer Perlonjour qui, sans doute prévenu par Asuncion, s'avançait tout naturellement, la main tendue.

– Toi! dit-il, incrédule.

Et lui happant le poignet :

– Que viens-tu faire ici?

– Ce que tu viens y faire toi-même, je suppose, dit Perlonjour, considérant sans émoi son poignet prisonnier. Apprendre l'espagnol.

Senterre n'en crut pas ses oreilles. Avant qu'il eût eu toutefois le temps de s'indigner, Asuncion reparut, se dirigeant vers le téléphone dont la sonnerie s'élevait, insistante.

– Pour vous, dit-elle à Senterre, lui tendant l'écouteur.

– Pour moi? s'étonna Senterre, s'emparant de l'appareil à regret. Allô! jeta-t-il d'un ton furieux.

La communication entendue et le récepteur raccroché, il regarda Asuncion qui lui tournait le dos, puis Perlonjour qui jouait avec un coffret à cigarettes. Se moquait-on de lui? Ce coup de téléphone n'était-il pas seulement destiné à l'écarter de cette maison, de cette pièce tout emplie d'un parfum subtil et irritant? Allait-il falloir laisser Jean et Asuncion en tête à tête?... Oui, il le fallait : Vorobeïtchik avait été catégorique.

– Restez, dit-il à la jeune femme qui se disposait à le reconduire jusqu'à l'antichambre. Je n'ai été déjà que trop importun! ajouta-t-il amèrement dans l'intention de troubler ceux qu'il laissait derrière lui.

Il trouva Vorobeïtchik à la terrasse d'un café proche, fumant impatiemment cigarette sur cigarette en l'attendant :

– Vous voudrez bien me pardonner, monsieur Senterre, mais j'avais absolument besoin de votre concours et savais par votre valet de chambre où vous trouver...

Senterre pensa qu'il mettrait son valet de chambre à la porte.

– Que se passe-t-il donc encore? questionna-t-il de mauvaise grâce.

– On vient de retirer un corps du canal, dit M. Wens, arrêtant un taxi. Un corps d'homme complètement nu dont la tête a été broyée par l'hélice d'un remorqueur. Le cadavre porterait, sur la poitrine, un étrange tatouage... J'ai songé à vous pour l'identifier.

Senterre ne répondit rien. Cette nouvelle provoquait en lui des impressions contradictoires. Il ressentait du dégoût, de la pitié, une peur confuse, un secret contentement aussi. La preuve faite de la mort de Gernicot, Asuncion serait libre. Et Senterre se savait seul au monde à pouvoir faire cette preuve...

C'était la première fois qu'il mettait les pieds à la morgue. Il évita de regarder les bat-flanc sur lesquels s'allongeaient des formes rigides recouvertes de draps blancs d'une propreté douteuse.

L'homme qui précédait l'inspecteur et son compagnon s'arrêta soudain.

– C'est celui-ci, dit-il.

Et il souleva un drap.

– Je suis navré..., commença M. Wens.

Senterre l'écarta et se pencha avidement sur le cadavre découvert. Il vit un ventre ballonné et une tête affreusement mutilée qui n'était plus qu'un amas confus d'os broyés et de chairs meurtries.

– Horrible! fit-il, malgré lui.

La poitrine portait le tatouage-crytogramme que Gernicot leur avait montré, à Asuncion et à lui, le jour funeste de son retour :

CY 1.112 △ AS.O+113-4

– Eh bien? fit M. Wens. Me suis-je trompé?

– Attendez... dit Senterre.

Il restait une preuve à faire, cette preuve qu'il se savait seul au monde à pouvoir faire...

Il revoyait Gernicot entre sa fiancée et lui, la chemise ouverte sur la poitrine. Il se revoyait lui-même évitant le regard d'Asuncion, à cause de ce second tatouage rampant comme un serpent vers l'aisselle gauche.

Il se pencha sur le cadavre et le repéra tout de suite, bleu violet sur la chair blême :

A FRIDA POUR LA VIE

– C'est lui, c'est Gernicot! dit Senterre.

XIV

ACCUSATION POSTHUME

S'il existait, au même titre que le Louis XV, le Renaissance ou le Directoire, un « style impersonnel », le bureau qu'occupait M. Wens à la Sûreté en eût sans doute été la plus fidèle représentation. Des fichiers courant le long de murs nus percés de deux grandes fenêtres sans rideaux, une petite table sur laquelle reposait une machine à écrire, deux chaises pour les visiteurs, un bureau banal et un fauteuil ordinaire en composaient tout l'ameublement. La lampe portative qui, tard dans la nuit, éclairait le sous-main du détective possédait un abat-jour vert – comme toutes les lampes portatives – et il n'y avait pas jusqu'à la corbeille à papier qui ne fût pareille à toutes les corbeilles à papier.

M. Wens était plongé dans une profonde méditation lorsqu'un agent de police frappa à la porte et lui remit la carte de Georges Senterre.

Il pensait à cette affaire dont il était chargé et où l'on n'y voyait guère plus clair qu'au premier jour. Les événements mystérieux et tragiques de cette dernière quinzaine n'avaient certes pas été sans lui suggérer une foule d'hypothèses dont quelques-unes semblaient étayées par des preuves solides. Il avait, au hasard de ses recherches, noté de nombreux détails intéressants, s'était livré à bien des remarques sur lesquelles il gardait le silence, mais tout cela n'était en somme destiné, comme il l'avait dit avec lassitude à Senterre, qu'à embrouiller l'écheveau davantage. Il ne doutait pas que de telles trouvailles ne concourussent un jour à la découverte de la vérité, mais ne pouvait s'empêcher de penser que plusieurs vies humaines étaient encore menacées et connaissait des moments de profond découragement en s'avouant qu'il ne pouvait rien faire pour les protéger, les sauver. Des doutes, des soupçons, qu'était-ce que cela? Le mystérieux assassin n'en frapperait pas moins à son heure et, si on l'arrêtait, ce ne serait sans doute qu'au moment où il voudrait recueillir les fruits de sa sanglante besogne : il se démasquerait alors lui-même...

En attendant, nulle piste ne s'offrait à l'activité de la police. La révision de l'enquête ouverte à la suite du drame de *L'Aquitaine* était de pure forme et n'avait encore donné aucun résultat : il eût été d'ailleurs puéril d'en attendre. Nul témoignage, le complet manque d'indice ne permettait pas davantage de s'occuper de l'enlèvement du corps de Gernicot; ce corps était maintenant retrouvé, mais il était impossible de suivre le chemin que son ravisseur lui avait fait prendre; seul le médecin légiste avait pu déclarer, d'après l'état de décomposition du cadavre, qu'il avait été immergé peu de temps après son enlèvement de l'appartement de Senterre, le lendemain peut-être. En ce qui concernait l'assassinat de Nestor Gribbe – cet assassinat qui portait la marque d'un maître du crime –, Vorobeïtchik s'était appliqué à suivre le chemin pris par le meurtrier dans sa fuite. C'est-à-dire qu'il était monté sur les toits, avait examiné les bâtiments voisins, soulevé des fenêtres à tabatière, ouvert des lucarnes, il s'était glissé dans des greniers, avait interrogé les voisins. Tout cela en vain...

– Faites entrer, dit-il.

Un instant plus tard, Senterre s'avançait à pas fermes et rapides, en homme qui apporte des nouvelles d'importance.

– Sommes-nous bien seuls? Ne peut-on nous entendre? questionna-t-il dans un souffle.

– Oui, dit M. Wens, répondant à la première question. Non, dit-il, répondant à la seconde. Vous pouvez vous exprimer comme tout le monde.

Senterre alla à sa poche :

– J'ai fouillé cet après-midi les bagages de Namotte... et y ai trouvé... ceci!

De sa main largement ouverte, il plaquait sur le bureau de son interlocuteur une enveloppe paraissant contenir plusieurs feuilles de papier.

– Savez-vous ce que c'est? insista-t-il sans retirer sa main de dessus sa trouvaille.

– Comment pourrais-je...?

– C'est une sorte d'accusation, d'accusation posthume.

– Vraiment?

– Lisez... Ici... « A ouvrir par Georges Senterre si je venais à mourir sans l'avoir revu. »

– Etrange! admit M. Wens. Voulez-vous me laisser cela? J'en prendrai connaissance aussitôt que possible.

– Ne pouvez-vous le faire maintenant? Il me semble...

Le détective avait ouvert l'enveloppe et compté six pages de texte serré :

– Impossible. Le temps me manque pour le

moment. Mais rassurez-vous, j'aurai lu cela sans faute avant ce soir.

Senterre montra du dépit. Il était le seul à pouvoir apporter un élément nouveau à l'enquête, un élément qu'il jugeait de la plus haute importance; il avait nourri le désir de le commenter avec l'inspecteur, et voilà que ce dernier ne montrait nul empressement à examiner sa trouvaille.

Il se leva :

– Je regrette que vous soyez occupé au point de ne pouvoir consacrer dix minutes à lire ces feuillets... Je le regrette surtout pour mes amis et moi qui demeurons exposés sans défense aux coups d'un misérable! acheva-t-il en se recoiffant d'un geste brusque et en sortant du bureau dont il claqua la porte.

M. Wens sourit. Il avait toujours été porté à trouver sympathiques les gens qui ne l'aimaient pas. La vérité était qu'il voulait prendre connaissance de l'« accusation » de Namotte sans témoin.

Pendant qu'il la lisait, son sourire s'accentuait. Au milieu d'un fatras de phrases ampoulées, de restrictions, de lignes de points et de points d'exclamation qui faisaient de la lettre de Namotte une sorte de mauvais roman feuilleton, il tomba sur cette phrase qu'il relut :

Ce Smith m'en veut désormais à mort, et cela ne m'étonnerait pas qu'il ait un jour ma peau.

L'inspecteur haussa les épaules et reprit sa lecture, dont il se dégageait que Henry Namotte avait provoqué la haine d'un certain John Smith. Namotte parlait de cet homme comme d'une fripouille capable de tout :

Il sait que je suis riche et que nos amis sont riches. Je ne pense pas être le seul menacé...

« Naturellement! » murmura M. Wens.

Namotte, qui avait terminé sa lettre à bord de *L'Aquitaine*, déclarait avoir rencontré Smith à Pékin, par deux fois. Il croyait même l'avoir un jour reconnu sur le paquebot, parmi les passagers de troisième classe, mais terminait sa phrase en ces termes :

... c'est peut-être une illusion.

« Bougre d'idiot! se dit à part lui M. Wens. Cette lettre te perdra... »

Il ouvrit un tiroir de son bureau et en tira les trois spécimens d'écriture – deux d'homme, une de femme – qu'il avait déjà réunis, les comparant longuement à celle de la lettre qu'il avait sous les yeux. Puis il mit le tout sous une enveloppe qu'il cacheta et où il apposa cette adresse :

Monsieur OMER MARGEOT,
Graphologue,
rue des Sept Tours, 8,
E. V.

– A porter d'urgence. Pour examen, dit-il à l'agent de planton accouru à son appel.

Il avait décroché le récepteur du téléphone, composé un numéro :

– Margeot?... Ici, Wens... Très bien, mon cher. Et vous?... Je vous fais porter des documents... Oui, une sorte de confession sans doute apocryphe et trois spécimens d'écritures... Oui... J'en doute toutefois : les caractères sont tellement différents... Oui, naturellement... Je peux compter sur vous?... Merci. Au revoir.

Il ne prit même pas la peine de reposer l'écouteur, formant un nouveau numéro de la pointe de son crayon :

– Monsieur Senterre?... Oui, j'ai lu... C'est fort intéressant... Inattendu, mais intéressant... Ce Smith?... Oh! il y a de par le monde quelques milliers de John Smith qui sont des fripouilles... Ce n'est pas un nom très compromettant... Naturellement, naturellement... Vous l'avez trouvée dans la malle?... Non, dans une valise?... Dans un des portefeuilles placés sur le côté?... Celui de gauche?... A propos : vous souvenez-vous que je vous avais demandé un spécimen de l'écriture de tous vos amis?... Vous ne m'en avez remis que deux... Vous m'aviez promis les autres, j'aimerais les avoir... Pourquoi?... Ni celle de Namotte, ni celle de Gernicot?... Mais celle de Perlonjour?... Lui demander moi-même?... C'est entendu... Allô, une question encore?... Votre accusation est bien de la main de Namotte?... Oh! par acquit de conscience... Vous connaissiez bien son écriture?... Bon... Au revoir.

M. Wens alluma une cigarette et en tira une longue bouffée. Malgré toute son adresse, sa redoutable adresse, le meurtrier avait cette fois montré le bout de l'oreille.

XV

LE VAINQUEUR DE L'ATLANTIQUE

Dès que, sortant de chez lui, il eut mis le pied sur le trottoir, Senterre aperçut Perlonjour, immobile de l'autre côté de la rue. Il se garda de montrer qu'il l'avait vu, mais ne put l'éviter : Perlonjour traversait la chaussée, venait à lui...

Jean avait en effet décidé de dissiper, au cours d'un entretien avec Senterre, le malentendu qui les séparait. Il avait guetté la sortie de son ami, bien décidé à l'entraîner dans une proche bodega qu'il connaissait et où ils pourraient discuter en toute tranquillité. Perlonjour pensait, non sans raison, qu'il valait mieux rencontrer Senterre sur un terrain neutre qu'aller le trouver chez lui.

Le jeune homme n'avait pas été sans s'adresser, ces

derniers jours, d'amers reproches. Que faisait-il encore dans cette ville où il n'était revenu que pour revoir Senterre et le serrer dans ses bras? Sa vieille maman, elle aussi, l'aurait revu avant de mourir; la vie lui aurait accordé, avec le retour de son fils, la dernière joie qu'elle en attendait. Que faisait-il encore là, le portefeuille chaque jour plus plat, alors que d'innombrables navires s'élançaient vers la haute mer, alors que le monde entier, de nouveau, l'appelait?...

– Que me veux-tu? demanda Senterre.

– Je voudrais te parler...

– Nous n'avons rien à nous dire.

Senterre avait dû s'arrêter, car Perlonjour lui barrait le chemin, mais son visage était dur, fermé. Personne n'eût pu croire, à les voir ainsi dressés l'un contre l'autre, qu'une amitié, même ancienne, avait uni ces deux hommes.

– Je suis pressé, dit Senterre. Au revoir.

– Tu ne peux pas me refuser cela : quelques minutes d'entretien.

– Et pourquoi pas?... Je te le répète : je suis pressé.

– Que t'ai-je fait?...

Cette question démonta Senterre. Il s'interrogea. Que lui avait fait son ami? Il dut s'avouer que, à proprement parler, il ne lui avait rien fait.

– Est-il bien utile de...? commença-t-il.

– Indispensable.

Devant cette volonté plus forte que la sienne, Senterre céda et, quelque dix minutes plus tard, les deux amis se trouvaient attablés dans un petit café tranquille dont, à cette heure, ils composaient toute la clientèle.

– Eh bien? fit Senterre.

– Eh bien...

Perlonjour s'interrompit. Il n'aurait jamais cru que cela pût être si difficile de débiter cette petite phrase qui ouvrait la route à toutes les autres : « Eh bien, il s'agit d'Asuncion ! »

Le seul énoncé de ce prénom suffisait à le plonger dans un trouble profond, et il pensait avec tristesse qu'il opérerait de même sur Senterre. Sans qu'ils se fussent jusqu'ici rien dit de leur amour, chacun sentait avec certitude, avec une douloureuse certitude, que l'autre aimait la même femme, qu'il était prêt à se faire tuer pour un sourire d'elle.

Perlonjour acheva :

– ... il s'agit de Gernicot.

– Ah ! fit Senterre, haussant les sourcils.

– Tu es bien certain d'avoir reconnu son corps ?

– Naturellement.

– Et, naturellement, tu comptes en aviser Asun... sa fiancée ?

– Oui, répondit sourdement Senterre.

– Tu ne crains pas, en agissant ainsi, de la faire... souffrir ?... Non ?

– Qui ça ?

– Asuncion.

– Non.

Il y eut un silence. Les deux hommes semblaient rassembler leurs forces pour la lutte qui se préparait.

– Tu as tort..., dit doucement Perlonjour. Elle l'apprendra toujours assez tôt...

– Jamais assez tôt. J'allais chez elle lorsque je t'ai rencontré. Il est temps, pour Asuncion, de savoir qu'elle est libre...

– Oh ! si elle aimait Marcel, je crois qu'elle ne sera pas libre avant longtemps !

– On n'aime pas un mort.

– Tu te trompes. On peut aimer certains morts plus que des vivants.

Les joues de Senterre s'empourprèrent :

– C'est pour moi que tu dis ça ?

– Je ne vois pas...

– Oh! ne fais pas l'idiot! Si nous sommes ici, c'est pour parler d'elle. Tel a été ton but en me relançant aujourd'hui. Mais le courage te manque, hein? Ou la franchise?... Eh bien, je parlerai pour toi. Je n'ai pas peur des mots, moi. Tu aimes Asuncion.

– Oui, dit Perlonjour dans un souffle.

– Or, moi aussi, je l'aime! Je l'aime – est-il besoin de te le dire? – plus que ma vie... Oh! combien plus que ma vie!...

– Naturellement, Georges, ou tu ne l'aimerais pas.

– Je l'ai aimée dès le premier jour, dès la première visite qu'elle m'a faite pour avoir des nouvelles de Marcel...

– Moi, dit à son tour Perlonjour, je l'ai aimée dès le soir de la disparition de Gernicot, lorsque je pénétrai, derrière toi, dans l'appartement où elle gisait évanouie... Je l'ai aimée – comprends-tu? – avant d'avoir seulement vu son visage.

– Je l'aimais avant toi! s'écria Senterre.

– Je l'aime, répondit Perlonjour, depuis que je songe aux femmes.

Un silence hostile les sépara. Les mots qu'ils venaient de prononcer, et qui confirmaient toutes leurs appréhensions, leurs craintes confuses, les enlisaient pour tout de bon. Qu'allait devenir à présent leur belle amitié, leur amitié fraternelle?

– Ce n'est pas notre faute..., fit pensivement Senterre.

– Ce n'est pas la sienne non plus! dit Perlonjour.

– Est-ce que... Est-ce que tu l'as vue souvent?

– Moins souvent que toi.

Cette réponse emplit Senterre de joie. Il était tenaillé par une jalousie féroce. Il ne pouvait s'empêcher de voir en son ami un intrus, un concurrent malhonnête. Il ne pouvait s'empêcher de songer qu'il avait en quelque sorte, sur la jeune femme, un droit de priorité. Avant le retour de Gernicot, il n'avait aucun espoir, souffrait en silence, n'imaginait pas qu'un jour le sort pût intervenir en sa faveur. Mais, maintenant, il ne se sentait plus capable de la moindre résignation. Perlonjour... Eh bien, à Perlonjour de souffrir maintenant en silence!...

– Je te plains, dit-il.

– Tu me plains?... Pourquoi? fit Perlonjour.

Il revivait les moments d'intimité rare qu'il avait connus auprès d'Asuncion. Il songeait aux choses qu'ils s'étaient dites à voix basse, tremblante, comme on parle dans une église. Il se souvenait surtout du rire, du beau rire perlé d'Asuncion, lorsque, par jeu, il lui avait chanté, un genou en terre, une main sur le cœur, cette chanson malgache :

Ne m'aimez pas comme l'argent :
On l'échange pour du riz.
Aimez-moi comme un petit crabe :
On le mange jusqu'aux pattes.

Il se pencha vers Senterre :

– L'as-tu jamais fait rire?

– Non, avoua Senterre.

Et, du coup, il se sentit profondément malheureux de n'avoir jamais réussi à la faire rire. Perlonjour, lui...

Il interrogea, la voix tremblante .

– Crois-tu qu'elle t'aime?

– Je n'ose l'espérer.

Cette réponse mit Senterre hors de lui. Si Perlonjour lui avait posé la même question, il aurait répondu : « Je ne sais pas! » Alors, pourquoi Jean lui faisait-il une autre réponse?

– Tu as raison! s'écria-t-il. Ne l'espère pas. Elle ne nous aimera jamais ni l'un ni l'autre.

– Dans tous les cas...

Perlonjour fit une pause :

– Ce serait, naturellement, à elle de choisir.

Senterre regarda son ami avec effroi. Il se sentait donc suffisamment sûr de lui pour ne pas redouter ce choix?

– Tu es pauvre! lança-t-il.

– Je ne le sais, hélas! que trop! Et toi, riche...

Senterre se mordit les lèvres : la parade valait l'attaque.

– Rassure-toi, poursuivit Perlonjour, il n'entre nullement dans mes intentions de revenir sur ce que je t'ai déclaré le jour de mon retour. Je ne veux pas de ton argent, ni de celui des autres... Mais je travaillerai. Ah! je travaillerai!... Rien, tu le sais, ne m'a réussi jusqu'à présent... Mais, en ce qui concerne Asuncion, je veux courir ma chance... Pardonne-moi, mon vieux...

Senterre se sentit brusquement ému :

– Tu n'as pas à me demander pardon! Il ne serait pas juste que l'un de nous se sacrifie, surtout toi... Mais je veux aussi courir ma chance...

Perlonjour acquiesça de la tête. Il se sentait malheureux de ne pouvoir, pour la première fois de sa vie, céder à sa générosité naturelle. Jadis, comme il s'effaçait gaiement, avec une intense satisfaction intérieure, devant tous ses amis! Il était de ceux pour qui la joie de recevoir n'égalera jamais celle de donner. Mais aujourd'hui...

– J'ai été stupide, dit encore Senterre. Je t'en ai voulu, mon vieux. Je t'ai détesté, tu comprends? Je me suis dit...

Il hésita une seconde à aller jusqu'au bout de sa pensée :

– ... que, peut-être, ce serait toi – toi, mon pauvre vieux! – que l'assassin inconnu frapperait le premier, après Gernicot... J'étais jaloux, je le suis encore... Mais tu dois comprendre...

– Oui, dit Perlonjour. Je n'imagine pas non plus

pouvoir vivre sans cette femme... Que le monde peut sembler vide quand on en retranche l'être aimé!

Tous deux se sentaient las, fatigués comme après une très longue marche. En dépit de la franchise apportée à leurs explications, ils évitaient de se regarder. Senterre vida son verre de Byrrh et alluma une cigarette; malgré le désir qu'il en avait, quitter son ami aussitôt après leurs mutuelles confidences lui eût semblé inélégant, lâche. Perlonjour, lui, tira machinalement de sa poche la dernière édition du journal qu'il avait achetée en attendant Senterre.

La moitié de la première page en était prise par un article illustré de nombreuses photographies :

HUBERT HARDSON
A TRAVERSE L'ATLANTIQUE
Il est attendu cet après-midi à l'aérodrome d'E...

Perlonjour n'y eut pas plus tôt jeté un coup d'œil qu'il se leva d'un bond en criant :

– Tignol!... Georges, c'est Tignol!...

– Qu'est-ce que tu dis?...

Senterre arracha le journal des mains de Perlonjour. Pendant que ce dernier répétait : « Tignol! Mon vieux, c'est Tignol! », les lettres de l'article dansaient devant ses yeux :

L'appareil de Hardson a pris le départ après deux tentatives. A la première tentative, l'avion a glissé sur une distance de cinq cents pieds...

– La deuxième et la troisième photos! s'écria Perlonjour. Regarde les photos!

Sur l'une on voyait l'aviateur devant son appareil, l'autre le représentait en buste.

– Oui, dit Senterre, il n'y a pas de doute : c'est Tignol.

– Il a pris un nom d'emprunt... Peut-être pour nous faire une surprise...

– Pour nous « épater »! Oh! ça lui ressemble bien!... Mais... Jean, il est peut-être déjà arrivé.

– Non, non! Sautons dans un taxi... Il faut qu'il nous trouve à l'aérodrome, que nous soyons là pour lui faire fête.

Soudain, Perlonjour et Senterre se regardèrent. La même idée leur était venue, les mêmes images s'étaient dressées devant leurs yeux : Namotte tombant du pont de *L'Aquitaine*, Gernicot frappé d'une balle de revolver, Gribbe, un stylet enfoncé dans la nuque.

– Jean, il faut prévenir Vorobeïtchik... Qui sait si...

– Tu as raison. Pars toujours. Je vais lui téléphoner.

– Hâte-toi. Je t'attends.

– Non, mon vieux. Saute dans le premier taxi venu. Il est parfaitement inutile que nous nous mettions tous deux en retard... Tignol serait par trop déçu s'il ne voyait pas au moins l'un de ses amis là-bas.... 4 heures moins 10. Son arrivée est prévue pour 4 heures. Tu n'as pas une minute à perdre...

– Wens non plus! s'écria Senterre en prenant sa course.

– Wens non plus... Je le lui dirai.

XVI

SANS RÉMISSION

M. Wens consulta son bracelet-montre.

– 4 heures, dit-il à ses compagnons. Au quart, nous serons à l'aérodrome.

Le car venait de quitter le Palais de Justice et s'élançait vers le champ d'aviation dans un tintamarre de coups de Klaxon, comme un chien donnant de la voix.

Perlonjour n'avait pas dû faire grand effort pour convaincre M. Wens que sa présence était nécessaire là-bas. Le meurtre de Gernicot et de Gribbe avait eu lieu quelques heures après leur retour... et celui de Namotte pendant son retour. Il allait falloir entourer Tignol d'une étroite surveillance si l'on ne voulait pas voir s'allonger rapidement la funèbre liste.

Vorobeïtchik leva soudain la tête. Et les douze inspecteurs et agents qui l'accompagnaient l'imitèrent comme un seul homme...

De seconde en seconde, le vrombissement devenait plus puissant.

– C'est lui! s'écria M. Wens.

Avant qu'il eût achevé, un grand oiseau apparut dans le ciel. Il volait à basse altitude et, sur la carlingue blanche, les policiers purent lire, en étroites et hautes lettres bleues : *The Pilgrim* (1).

M. Wens se pencha vers le chauffeur :

– Plus vite! Il sera là avant nous.

Cependant *Le Pèlerin* avait atteint le champ d'aviation et, au milieu des acclamations et hourras de la foule accourue des quatre points de la ville et difficilement maintenue par un cordon de police, se rapprochait rapidement du sol...

Sitôt que ses roues caoutchoutées se fussent posées sur l'aire bétonnée, le public, rompant les barrages, s'élança, chapeaux et cannes brandis, vers l'appareil qui roulait toujours.

A ce moment, le car contenant Vorobeïtchik et ses hommes atteignait l'entrée de l'aérodrome, en même temps qu'un taxi, dont descendit Senterre.

– Grimpez à côté du chauffeur! cria M. Wens.

Mais le planton avait des ordres formels : ne laisser pénétrer dans le champ d'aviation aucune voiture qui

(1) *Le Pèlerin.*

ne fût munie d'un coupe-file officiel. Exaspérée, Vorobeïtchik se pencha vers le chauffeur :

– Foncez!

Et le car, reprenant de la vitesse, franchit l'entrée, au risque d'écraser le planton.

Sitôt que l'aviateur Hubert Hardson, alias Hubert Tignol, et son compagnon, Théodore Bates, eurent glissé une jambe hors de l'appareil avec lequel ils venaient, pour la première fois après Lindbergh, de vaincre l'Atlantique, ils furent saisis par la foule en délire et se retrouvèrent chacun à cheval sur de robustes épaules, dûment portés en triomphe.

Hubert Tignol était grand et maigre : il avait une face osseuse, aux méplats accusés, un front proéminent, le cheveu rare. Son premier soin, tout en répondant par un sourire las à la formidable acclamation qui montait vers lui, fut de fouiller les poches de sa combinaison, d'en sortir un paquet de cigarettes tout fripé, une boîte d'allumettes, et de se mettre à fumer avec volupté, à petites aspirations pressées. Puis il regarda autour de lui, impatient d'apercevoir, parmi le moutonnement des têtes, celles de ses amis.

Mais Senterre et M. Wens connaissaient en cet instant de nouvelles difficultés. Ils avaient dû abandonner leur voiture, bloquée par la foule, et cherchaient, en jouant des coudes, à s'insérer dans les rangs des badauds. Vorobeïtchik avait donné à ses hommes l'ordre de veiller sur la personne de l'aviateur et de tâcher de s'en approcher par tous les moyens. Du regard, il chercha Senterre qui, la minute d'avant, se trouvait encore à ses côtés, mais ne le vit plus.

Hubert Tignol – son récent exploit en était une nouvelle preuve – ne s'était jamais accommodé de jouer un rôle passif. En d'autres termes il éprouva de la lassitude d'être porté en triomphe dans le temps que d'autres y eussent seulement pris goût. Il se pencha vers la tête de l'homme dont il chevauchait les épaules et lui demanda bien gentiment d'être reposé à terre. L'homme éclata de rire tout en serrant davantage les jambes du héros. Alors, celui-ci, sans autre préparation, se mit à se démener comme un beau diable, criant à la contrainte de corps, et force fut à ses admirateurs, après cinq minutes de ce régime, d'en passer par sa volonté.

Sitôt à terre, Tignol, alias Hardson, éprouva une sorte d'éblouissement et fut fort aise de s'appuyer un moment à une épaule secourable. Puis, par quelques bonds de cabri, il se dégourdit les jambes et, avant que personne eût pu deviner ses intentions il avait foncé, la tête la première, dans les rangs de ses admirateurs, prenant sa course vers la partie déserte du champ d'aviation.

A son dépit de ne pas apercevoir les visages de ses amis avait succédé l'irrésistible besoin de se sentir libre de ses mouvements, de courir vers eux sans plus attendre. C'était sa propre faute s'ils ne se trouvaient pas là pour l'accueillir. Il avait eu tort, dans le but de les étonner davantage, de prendre un pseudonyme. Aucun d'eux, sans doute, n'avait eu l'occasion de voir une photographie de lui, de reconnaître Tignol en Hardson.

L'évasion et la course de l'aviateur furent remarquées par bien des gens et, si ses admirateurs renoncèrent à le poursuivre, il n'en alla pas de même pour M. Wens, les inspecteurs chargés de veiller à sa sécurité, et certain personnage haut de taille, porteur d'un feutre noir à larges bords, qui se tenait un peu à l'écart et qui, à grandes enjambées, gagna la sortie dérobée vers laquelle se dirigeait Tignol.

– Ça y est! pensa M. Wens tout en courant. Il va nous échapper!

Et il se mit à crier:

– Hardson!... Tignol!...

Mais la distance empêcha l'aviateur de s'entendre

appeler par son nom. Il ne perçut derrière lui qu'une sorte de clameur confuse, une nouvelle vague d'acclamations, pensa-t-il, ou une rumeur de foule manifestant son dépit de voir sa proie lui échapper... Et cela précipita sa course.

Quelques minutes plus tard il avait franchi la sortie dérobée du champ d'aviation. Cette sortie donnait sur un petit chemin creux qui, après deux ou trois coudes brusques, rejoignait la route.

Tignol poussa une joyeuse exclamation. Il venait d'apercevoir ce qu'il cherchait, ce qu'il n'osait espérer trouver là : une auto. Elle approchait lentement, à cause des ornières du chemin.

L'aviateur courut à sa rencontre et lui fit signe d'arrêter. Le chauffeur, qui était grand et barbu et dont la casquette était profondément enfoncée sur les yeux, obtempéra immédiatement.

Tignol lui jeta l'adresse de Senterre et lui promit un pourboire royal si l'homme consentait à l'y conduire sans perdre une seconde. Sans mot dire, le chauffeur acquiesça et Tignol sauta à l'intérieur de la voiture.

Pendant qu'elle s'ébranlait aussi rapidement que le permettait l'état du petit chemin creux, Tignol, avec remords, pensa au *Pilgrim*. « Bah! se dit-il, Bates en prendra soin... » Et puis une autre idée le frappa.

« Où diable, se demanda-t-il, ai-je vu cette tête-là ? »

C'était à la tête du chauffeur qu'il songeait.

Lorsque M. Wens et ses hommes atteignirent le petit chemin creux, il y avait plus de cinq minutes que l'auto avait tourné le premier coude. A ce moment elle s'engageait sur la route...

Le détective fit la grimace. Il venait d'éprouver un cuisant échec. Il pensa que la meilleure solution était de retourner d'urgence en ville et de faire surveiller le domicile de Senterre qui était certainement le but de la fuite de Tignol.

Hélas! quelques heures plus tard, les journaux du soir annonçaient, en première page, cet événement sensationnel : la disparition de Hubert Hardson, le vainqueur de l'Atlantique.

XVII

M. WENS ÉMET UNE HYPOTHÈSE

– Dès que M. Wens sera là, vous le prierez de passer à mon bureau, dit M. Voglaire.

Et, l'agent sorti, il se replongea derechef dans la lecture du *Rôle du sens musculaire dans l'orientation des fourmis* de H. Piéron.

Vorobeïtchik ne se fit pas attendre, mais son aspect avait de quoi étonner. Il n'était pas rasé, le mouchoir qui dépassait la poche supérieure de son veston était tout fripé, il avait en un mot la mine d'un homme qui n'a pas vu son lit de la nuit.

– Bonjour, Wens, lui dit le juge d'instruction en lui serrant la main. Asseyez-vous... Avez-vous lu les journaux du matin?

Il en poussait toute une liasse vers son collaborateur.

– J'en ai lu quelques-uns.

– *L'Express? L'Aube?*

– Ils vont fort! dit-il simplement.

M. Voglaire referma le *Rôle du sens musculaire dans l'orientation des fourmis*, le plaça soigneusement à côté de son sous-main et répondit :

– Ils ont raison d'aller fort... Namotte, à bord de *L'Aquitaine*... Gernicot, chez Senterre... Gribbe, également chez Senterre... Hier, Hubert Tignol – ou Hardson, comme vous voudrez – dont nous n'avons pas eu de nouvelles... A quand le cinquième, inspecteur?

– Dans un avenir évidemment très rapproché.

– Cet « évidemment » fait beaucoup augurer de vos facultés de déduction, mais fort peu de votre plan de défense.

– Est-ce un blâme?

– Ne nous emballons pas, cher ami. Mais j'en connais, parmi nos camarades, qui brûlent de s'occuper de cette affaire. A vous de ne pas donner prise à leurs critiques. Je dois vous avouer avoir pensé moi-même que l'inspecteur Malaise...

– L'inspecteur Malaise est un as... Nous ne serions, du reste, pas trop de deux pour combattre l'assassin de Namotte et de ses amis.

M. Wens acheva :

– Vous savez que j'ai un bout de fortune personnelle qui me met à l'abri des voitures. Je ne me soucie nullement de monter en grade.

M. Voglaire le savait parfaitement, et ce n'était pas une des moindres raisons qui le faisaient tenir à la précieuse collaboration de l'inspecteur.

Celui-ci continuait :

– Je dirai même que je n'y tiens pas... Ne craignez donc nullement de blesser mon amour-propre. L'affaire dont vous m'avez chargé n'est pas une affaire ordinaire et... Si vous voulez mon sentiment, il y a là-dedans quelque chose de sordide.

– De sordide?...

– Je ne vois pas d'autre mot. « Sordide » caractérise à merveille la manière de l'assassin.

M. Wens ajouta :

– C'est une âme perdue.

M. Voglaire savait son interlocuteur profondément croyant. Il connaissait également les expressions favorites de M. Wens, grâce auxquelles des interlocuteurs superficiels avaient l'impression d'en avoir fait le tour après une demi-heure de conversation, ce qui ne contribuait pas peu, ce stade franchi, à les lui livrer désarmés.

– Je ne doute pas que vous ne vous soyez livré à d'intéressantes investigations qui vous font voir l'affaire sous un jour qui m'échappe, dit le juge d'instruction. Là n'est pas la question. L'assassin, j'en suis persuadé, ne peut vous échapper... Mais allez-vous continuer à le laisser en paix commettre ses forfaits? Voilà pourquoi l'on vous prend à partie...

De l'index, il tapotait la liasse de journaux :

– Deux victimes encore et le meurtrier sera arrivé à ses fins. Ne pouvez-vous rien faire pour les sauver?

M. Wens hocha la tête :

– Non pas deux victimes encore, mais trois... Ou bien deux, mais pas celles que vous croyez.

– Que voulez-vous dire?

– Que Senterre et Perlonjour ne sont pas tous deux, ensemble, en danger de mort... Ou bien Perlonjour l'est et sa mère – qui, ne l'oublions pas, hériterait sa part – l'est aussi... Ou bien Senterre est en danger de mort, et la mère de Gribbe l'est, naturellement, dans les deux cas...

Il répéta :

– Non, je ne crois vraiment pas que Senterre et Perlonjour soient, *ensemble*, en danger de mort.

– Et pourquoi non, s'il vous plaît?

– Parce que j'ai de bonnes raisons de penser que l'un des deux est l'homme que nous cherchons, répondit placidement M. Wens.

– Vous ne voulez pas dire que l'un des deux est l'assassin?

– Si fait.

M. Voglaire se renversa contre le dossier de son fauteuil et un silence tomba.

Ce fut Vorobeïtchik qui le rompit :

– Vous me demandiez il y a un moment si je ne

voyais pas un moyen de *les* sauver... Il y en aurait un... Les arrêter sans plus attendre.

– Tous les deux?

– Tous les deux... M. Senterre m'a rapporté les propos tenus par son ami Gernicot le jour funeste de son retour. Gernicot, une demi-heure avant d'être abattu, a émis l'hypothèse qu'un inconnu, au courant du pacte établi par les six amis cinq ans auparavant, aurait entrepris de les faire disparaître tous les uns après les autres, pour s'emparer finalement de la fortune réunie par eux six. Je ne vois pas très bien comment cet homme pourrait y parvenir sans droits à faire valoir. La fortune de Senterre et de ses amis ne consiste pas en sacs d'or, comme au bon vieux temps. Je pense plutôt qu'elle doit être assez dispersée et consister en terres, en affaires, en comptoirs établis un peu partout, toutes matières, vous voudrez bien me le concéder, impropres à être volées. Je veux dire : emportées.

– Parfaitement, dit M. Voglaire.

– Le tort de Gernicot fut de ne pas pousser suffisamment son hypothèse, poursuivit M. Wens. Admettez en effet que l'assassin ne soit pas un inconnu, *mais bien l'un des six amis...*

Le juge d'instruction eut un geste de protestation. Son interlocuteur répéta fermement :

– ... *mais bien l'un des six amis.* Comme tout devient simple dans ces conditions! D'abord, il est au courant de tous les faits et gestes des autres. Car il est au moins étonnant que, depuis la mort de Namotte, l'assassin se soit toujours trouvé là à point nommé pour frapper ses victimes, dès leur retour.

– Vous parlez de Namotte, mais...

– Je prévois votre objection. Senterre et Perlonjour se trouvaient ici lorsque leur ami est tombé – accidentellement ou non – du pont de *L'Aquitaine*. Eh bien, je puis vous répondre deux choses. Premièrement...

Pourquoi la mort de Namotte n'aurait-elle pas été accidentelle? Dans ces conditions, cette mort aurait en somme servi de suggestion à l'assassin, lui aurait donné en quelque sorte l'idée de tuer ses autres amis, et il se serait réservé, soupçonné, de nous répondre : « Impossible, voyons! Comment aurais-je tué Namotte?... » Ce n'est pas parce que nous nous trouvons en présence de deux meurtres – celui de Gernicot et celui de Gribbe – et d'une disparition – celle de Tignol – que nous devons conclure forcément à l'assassinat de Namotte.

– Mais Gernicot prétend...

– Gernicot est revenu malade et ne s'est pas, au reste, montré affirmatif. Vous pouvez aussi invoquer, pour détruire mon hypothèse de l'accident, la fameuse accusation posthume de Namotte... Mais j'ai toutes raisons de croire que cette accusation ne fut pas écrite de la main de Namotte : j'y reviendrai tout à l'heure. Deuxièmement... L'assassin peut avoir un complice qui se serait trouvé à bord de *L'Aquitaine*. Je suis enclin à croire que l'assassin possède un complice. Cela expliquerait bien des choses et, surtout, mettrait en cause une troisième personne. En ce qui la concerne, mes soupçons ne sont réellement pas assez solides... Mais je poursuis. Donc, l'assassin est un des six amis. Dès lors nous distinguons très clairement l'intérêt qu'il a à tuer puisqu'il restera le seul survivant...

– ... et sera, par conséquent, le seul bénéficiaire de leur fortune à tous? Mais avez-vous réfléchi qu'il s'accusera ainsi de lui-même?

– Pas nécessairement. Cet homme est un génie du mal. Il doit avoir prévu cela. Ou bien des alibis formels lui assureront l'impunité, ou bien il aura trouvé autre chose... Il aura sûrement trouvé autre chose... Mais, naturellement, il y aura des fortes présomptions.

– Et... s'ils mouraient *tous les six?* Tous les huit, puisqu'il faut compter la mère de Perlonjour et celle de Gribbe?

– Ma foi, alors, il ne resterait que cette autre personne à laquelle je viens de faire allusion... Mais, moins encore que pour Senterre ou Perlonjour, je ne puis imaginer comment elle entrerait en possession de la fortune des six amis...

– Qui est cette personne? fit M. Voglaire. J'ai le droit de le savoir.

– Hélas! je n'ai pas celui de vous le dire.

Le juge d'instruction s'agita dans son fauteuil :

– C'est une histoire affolante! Incroyable! La plus ridicule histoire de ma carrière! Mais que pensez-vous de ce John Smith qui...?

– C'est une mystification puérile.

– Une mystification! s'écria M. Voglaire, horrifié. Pensez-vous donc que Namotte, avant de mourir, ne fût préoccupé que de mystifier ses amis?

– Ne vous ai-je pas dit que l'accusation posthume de Namotte n'avait pas été écrite par Namotte?

– Et par qui, diable voulez-vous qu'elle l'ait été?

– Par l'assassin.

– Par...?

– Les bagages de Namotte avaient été transportés chez son ami Senterre. Le jour même où vous vous êtes livré à l'enquête concernant la disparition du corps de Gernicot, je demandai à Senterre la permission d'examiner ces bagages avec lui. Il me répondit que je devais prendre rendez-vous pour le lendemain car il allait passer deux ou trois jours à l'hôtel. J'eus aussitôt l'intention de m'introduire dans son appartement la nuit suivante et d'inspecter les bagages en dehors de sa présence... Ce que je fis.

– Ce n'était pas très régulier, objecta M. Voglaire.

M. Wens haussa les épaules avec désinvolture et poursuivit :

– Il n'y avait rien à voir dans les bagages de Namotte. Je vous assure que je retournai tout et, pour commencer, naturellement, le fameux portefeuille de la valise où Senterre prétend avoir trouvé la lettre de Namotte... A ce moment elle n'y était pas...

– Mais...

– C'est donc que quelqu'un l'y a mise un des jours suivants... Et pourquoi? Pour aiguiller les soupçons de la police sur une fausse piste, pour qu'elle se lance à corps perdu sur les traces de l'hypothétique John Smith... Voyons, ce nom même devrait, par sa banalité, vous éclairer sur l'authenticité de l'accusation soi-disant portée par Namotte... Et, dans cette accusation, quoi de précis?... Rien, absolument rien... Des mots, des mots... Une mystification, je le répète...

M. Wens se tut une seconde et reprit :

– J'avais beaucoup espéré de cette lettre. J'attendais avec une impatience, une avidité que vous comprendrez, une faute de cet assassin trop adroit. Cette lettre était une faute. Mais cela ne nous avance guère. J'ai fait comparer l'écriture de Senterre, de Tignol et de... et d'une autre personne avec celle de la lettre. Margeot, le graphologue, a été catégorique. Aucune de ces trois personnes n'a écrit la lettre. Mais je n'ai pu lui soumettre encore un spécimen de la *vraie* écriture de Namotte, ni de celle de Perlonjour qui m'évite avec un soin prudent. Tout cela ne prouve absolument rien, d'ailleurs. Le meurtrier ne doit pas avoir écrit cette lettre lui-même, il doit l'avoir fait écrire par son complice ou par quelque individu expert en faux. Ah! c'est un homme de précaution... et la faute qu'il a commise, je dois bien l'avouer, est beaucoup moins grave que je ne l'avais cru tout d'abord.

M. Voglaire étendit les jambes sous son bureau et croisa les bras :

– Qu'allez-vous faire?

– C'est, vous pouvez vous en rendre compte, une

situation très délicate. J'ai déjà posé quelques questions – superficielles, il est vrai – à Senterre et à son ami. Que penseriez-vous d'une bonne petite arrestation, tout ce qu'il y a de plus arbitraire? Nous aurions sous les verrous – c'est plus qu'une probabilité, c'est presque une certitude – un coupable et un innocent... Mais nous pourrions en toute tranquillité en faire la preuve et il y aurait au moins une victime qui échapperait aux coups de l'assassin. Si vous n'aimez pas ça – et je vois que vous ne l'aimez pas – je puis convoquer d'urgence ces messieurs et leur faire subir un interrogatoire dans les règles... Alibis et le reste...

– J'aime mieux cela! dit M. Voglaire.

Il décroisa les bras et se mit à pianoter sur son sous-main :

– Rien ne nous prouve d'ailleurs, que Tignol soit mort à l'heure actuelle... Il peut s'agir d'une fugue?...

– Je n'ose l'espérer.

– Et cet examen du cryptogramme tatoué sur la poitrine de Gernicot, il n'a rien donné?

Avec surprise, le juge d'instruction vit une ombre passer sur le visage de son interlocuteur. On eût dit qu'il se mettait soudain sur la défensive :

– Non. Nous n'en avons rien tiré. C'est une chose étrange que ce tatouage, que ces tatouages, devrais-je dire... Aussi étrange que cette blessure relevée sur le corps de Gernicot...

Voglaire haussa les sourcils :

– Quelle blessure?

– Une blessure à l'avant-bras. Gernicot ne l'avait pas le soir de son retour. Apparemment elle lui a donc été faite après son enlèvement... Simples détails sans doute. Il se pourrait néanmoins qu'un jour prochain je visse, grâce à eux, poindre une lueur...

– Tâchez qu'elle se mue promptement en feu d'artifice! répondit, non sans à-propos, le juge d'instruction qui en avait assez entendu et avait hâte de poursuivre la lecture de son volume de myrmécologie.

Il se leva.

– Excusez-moi si j'ai attaché quelque importance aux reproches que nous adresse la presse, dit-il pour conclure. Je ne doute pas que vous ne débrouilliez l'affaire dans un avenir prochain.

– Et s'il y a encore une victime?

Le juge d'instruction eut un geste fataliste et M. Wens regagna son bureau sans plus insister.

Ses traits étaient durs. Son regard brillait. Toute son attitude montrait éloquemment qu'il se disposait, selon une expression chère aux policiers d'outre-Manche, à « faire voler les plumes ».

XVIII

LE SECRET D'ASUNCION

– Asseyez-vous, madame, dit M. Wens.

La troisième personne, dont il avait refusé une heure auparavant de confier le nom au juge d'instruction, était à présent devant lui.

– Vous me pardonnerez de vous avoir convoquée ici... Mais j'ai d'autres personnes à interroger aujourd'hui et n'aurais réellement pu trouver le temps de me rendre chez vous...

Tout en parlant, il regardait sa visiteuse et, quoiqu'il fût prévenu contre les femmes en général et contre les jolies femmes en particulier – ses camarades parlaient de lui comme d'un mysogine –, il ne pouvait s'empêcher de ressentir, à l'égard de celle-ci, une secrète admiration.

Sa toilette noire était une merveille de goût et on l'eût dite en deuil sans le gros chrysanthème rouille qui ornait son corsage. M. Wens s'avoua avec un peu de dépit qu'elle n'aurait pas montré plus de calme si elle eût été en visite chez une de ses plus chères amies. Il comprenait qu'il allait falloir jouer serré et que l'interrogatoire de cette femme serait celui qu'il éprouverait le plus de difficulté à mener à bien.

Ce fut Asuncion qui ouvrit les hostilités avec un sourire charmant.

– N'ayez aucun scrupule, monsieur Wens, à me faire subir un interrogatoire en règle, dit-elle de ce ton un peu chantant qui était l'une de ses plus sûres séductions. Je m'étonnais un peu que la police me laissât tranquille et je suppose que la disparition de Hubert Tignol, le vainqueur de l'Atlantique, vous a poussé aux mesures extrêmes...

– Qu'entendez-vous par là, madame?

– Simplement ceci : je ne serais nullement surprise d'avoir à mon tour provoqué les soupçons de la justice. C'est le lot des innocents que d'être soupçonnés et celui des fripouilles que de courir en liberté. Vous voyez donc devant vous une femme toute disposée à répondre sincèrement à vos questions, même les plus indiscrètes. Sachez également que vous n'avez nul ménagement à prendre avec moi en ce qui concerne la disparition de Marcel... Je veux dire : de mon fiancé... Grâce à M. Senterre je n'ignore plus ce qu'il est advenu de son corps...

M. Wens eut un geste embarrassé. Il se sentait en état d'infériorité à l'égard de cette femme qui lui avait toujours témoigné de la sympathie. Sa dignité, son évident souci de ne rien tenter pour se dérober aux questions du détective, ôtaient à ce dernier tout moyen d'agir avec brutalité comme il en avait d'abord eu l'intention.

Comment oser dire à sa visiteuse qu'il la soupçonnait presque au même titre que Senterre et que Perlonjour, comment oser l'interroger sur sa vie privée alors que le meurtre de son fiancé devait avoir éveillé en elle une douleur d'autant plus cuisante et profonde qu'elle s'appliquait à n'en rien laisser paraître?...

M. Wens regarda encore une fois Asuncion et, ce qui le frappa davantage, ce fut le soin apporté par la jeune femme à sa toilette. En proie à la souffrance dont l'inspecteur se plaisait à la parer comme d'une extrême séduction, Asuncion ne se fût-elle pas davantage abandonnée à son mal, n'eût-elle pas renoncé à réaliser, sur sa personne, une telle harmonie de tissus et de teintes? « Il en est, pensait-il, qui ne se livrent jamais et qui, lorsqu'elles tombent, tombent tout d'une pièce... » Mais cet argument ne le satisfaisait qu'à demi et il en voulait au fond à cette femme, dont la peine devait être immense, de ne donner aucune prise à la pitié.

– Allons, que désirez-vous savoir de moi, monsieur Wens? reprit doucement Asuncion. Iriez-vous jusqu'à désirer connaître l'emploi de mon temps pendant que l'on tuait MM. Namotte et Gribbe? Car, en ce qui concerne mon fiancé, je me trouvais, vous le savez, à ses côtés lorsqu'on l'abattit d'un coup de revolver...

M. Wens leva les mains en signe de protestation. Il se sentait misérable et ridicule. L'inanité de ses soupçons venait brusquement de lui apparaître. Comment cette frêle jeune femme aurait-elle pu tremper, ainsi qu'elle le disait elle-même, dans l'assassinat de Namotte et de Gernicot? Il pensa au complice dont l'existence, pour lui, ne faisait aucun doute et se demanda si Asuncion ne pouvait, en somme, en savoir plus long qu'elle ne l'avouait sur la disparition de son fiancé. C'était si rocambolesque, cet enlèvement de Gernicot et de la façon dont on avait retrouvé la jeune femme, la tête enveloppée, dans un voile gris serré autour du cou par un cordon de soie! Et cet évanouissement, de la part d'une personne qui avait si vaillamment supporté toutes les épreuves suivantes, ne pouvait-il avoir été simulé? Enfin, en songeant au meurtre de Gribbe, M. Wens ne pouvait s'empêcher de se dire avec une certaine naïveté : « Une Ségovienne, cela doit pouvoir porter un coup de stylet... »

Il regarda les mains de la jeune femme, les vit longues et délicates, et eut à nouveau honte de lui, de ses pensées. Quel intérêt l'Espagnole pouvait-elle avoir à la mort de son fiancé et de ses amis?... Quoi qu'il lui en coûtât, l'inspecteur résolut d'élucider au moins ce point.

– Vous pouvez voir combien ma confusion est grande, dit-il avec affabilité. J'eusse tout donné, madame, pour vous épargner cette épreuve. Mais l'opinion publique s'émeut avec raison de tant de meurtres et nous ne pouvons plus reculer devant aucun moyen de faire la lumière. Votre invitation à vous poser les questions les plus indiscrètes m'ôte mes derniers scrupules...

M. Wens poursuivit, évitant de regarder sa visiteuse :

– Je n'ai pas été sans remarquer la sollicitude dont MM. Senterre et Perlonjour vous entourent depuis quelque temps. On en tirerait à moins des conclusions, peut-être erronées, je m'empresse de le reconnaître... Toutefois elles me poussent à vous demander si vous n'avez pas envisagé de devenir un jour la femme de l'un d'eux?...

Question périlleuse! Mais les réactions d'Asuncion – Senterre, comme Perlonjour, avait pu s'en rendre compte en maintes occasions – déroutaient, neuf fois sur dix, toutes les prévisions.

– Non, pas encore! dit-elle simplement de sa voix chaude, chantante. A propos, il m'est venu un scrupule... Je ne me suis pas toujours rendu compte de la nécessité de tout révéler à la justice...

L'inspecteur regarda sa visiteuse avec intérêt :

– Voulez-vous dire par là que vous lui avez caché certaine chose susceptible de...?

– Jugez-en. J'ai déclaré au juge d'instruction que Marcel Gernicot était mon fiancé. Ce n'est pas vrai...

Elle prit un temps avant d'achever :

– C'était mon mari.

M. Wens se laissa retomber contre le dossier de son fauteuil. Cette révélation tardive lui ouvrait des horizons insoupçonnés.

– Vous devez savoir que j'ai rencontré Marcel aux îles Bermudes, reprit la jeune femme. Dès notre première entrevue, il me déclara son amour. Le lendemain, il partait pour Charleston. A bord du bateau, se trouvait un missionnaire. Marcel me supplia d'unir nos destinées sans plus attendre. Il n'était pas question de me faire partager sa vie d'aventures, mais il espérait ainsi m'attacher plus sûrement à lui; ce mariage, en lui fournissant la certitude que je l'attendrais fidèlement, lui donnerait en quelque sorte le courage et la force de réussir dans un avenir prochain. Il eut tôt fait de me convaincre et nous nous unîmes quelques minutes avant son départ...

« Ainsi, pensait M. Wens tandis qu'Asuncion lui fournissait ces éclaircissements, elle aussi a droit à une part de la fortune des six amis, *elle aussi aurait intérêt à leur mort...* »

– Voilà pourquoi, acheva la jeune femme, je ne saurais me marier dans un avenir prochain... Car c'est convoler que je devrais faire...

Un monde de pensées assaillait Vorobeïtchik. Dans ce projet de mariage avec Senterre ou Perlonjour, il voyait, quelques minutes plus tôt, le moyen pour la jeune femme de faire un jour valoir ses droits. Mais puisqu'elle était l'épouse d'une des victimes, puisqu'elle possédait déjà des droits, elle ne devait retirer nul intérêt d'un remariage. Fallait-il donc penser que ce projet – et la facilité avec laquelle Asuncion l'avait révélé venait à l'appui de cette hypothèse – n'était destiné qu'à égarer les soupçons de la police?

On frappa à la porte du bureau et le planton entra : Georges Senterre demandait à être reçu.

Vorobeïtchik, qui avait le désir de l'interroger sans plus attendre, se leva en pensant : « Toi, ma petite, tu n'en as pas fini avec moi... »

Malgré cet irrespect tout intérieur, il reconduisit sa visiteuse avec force démonstrations de politesse. Il ne pouvait en effet s'empêcher de songer que, si la jeune femme était innocente, elle était exposée également aux coups de l'assassin.

Et c'était bien ce qu'il y avait là de plus étrange dans cette affaire : tout ce qui n'était pas coupable devenait aussitôt une victime...

IX

SENTERRE EN COLÈRE

« Mais pourquoi n'avoir pas avoué cela dès le début? se demanda M. Wens, revenu à son bureau. Pourquoi n'avoir pas dit tout de suite que Gernicot était son mari?... Est-ce pudeur, souci de sauvegarder sa vie privée?... Oui, peut-être... »

Interrompant ses réflexions, il redressa la tête : Georges Senterre venait de pénétrer dans la pièce.

– Qu'est-ce que c'est que ces façons? lança-t-il tout à trac, ignorant la main tendue de l'inspecteur.

M. Wens haussa les sourcils :

– Quelles façons?

– Depuis quand, lorsque vous avez besoin de voir l'un d'entre nous, le faites-vous chercher à son domicile par un agent? Un agent en bourgeois, soit, mais un agent tout de même...

Vorobeïtchik eut un geste d'excuse :

– On aura mal interprété mes ordres... J'avais tout simplement donné des instructions pour que l'on vous fît savoir que j'avais un besoin urgent de vous parler.

– Urgent, vraiment?... Est-ce pour cela que l'on me traîne ici comme un... comme un criminel?...

– Asseyez-vous, je vous prie, dit M. Wens.

Et lui-même se réinstalla derrière son bureau :

– La situation est grave et vous voudrez bien pardonner le zèle intempestif de l'un de mes subordonnés.

Senterre, toujours debout, ses gants à la main et appuyé sur sa canne ne répondit rien.

– Vous m'avez vous-même rapporté l'hypothèse formulée par votre ami Gernicot peu de temps avant sa mort, poursuivit M. Wens. Il prétendait – et peut-être vous en souviendrez-vous? – qu'un inconnu avait eu connaissance, d'une façon ou d'une autre, du pacte qui vous lie à vos amis depuis cinq ans. Il ajouta, provoquant votre incrédulité, que cet homme avait entrepris d'entrer en possession de la fortune que vous avez amassée, en vous faisant disparaître l'un après l'autre, sans rémission...

– Où voulez-vous en venir? interrompit sèchement Senterre.

– J'ai eu l'occasion de reprendre l'hypothèse de votre ami Gernicot et de l'étudier à fond. Non sans de sérieux motifs, faites-moi la grâce de me croire sur parole. Et j'en suis arrivé à cette conclusion que l'assassin ne peut être un inconnu, faute de moyens pratiques pour entrer en possession de votre fortune à tous les six, à tous les neuf devrais-je dire...

Sans tiquer à ce chiffre « neuf » Senterre renchérit, une nuance de raillerie dans la voix :

– Naturellement! Cette hypothèse était ridicule! Je

l'ai déclaré à Gernicot et il ne faut pas être grand clerc...

– Cette hypothèse n'était pas si ridicule! reprit M. Wens sans relever l'intention blessante de son interlocuteur. Il ne lui manquait, comme je viens de vous le dire, que d'être poussée à fond. La prenant comme point de départ, j'ai été amené à conclure qu'il fallait chercher l'assassin dans l'entourage même des victimes...

Il termina d'une voix forte :

– ... *et que l'un de vous six était l'assassin!*

Senterre fit un pas en avant :

– Que dites-vous?

L'indignation paraissait l'étouffer, mais M. Wens n'en eut cure. Prenant son temps, il mit son interlocuteur au courant de l'entretien qu'il avait eu le matin même avec le juge d'instruction, d'une partie de cet entretien tout au moins, celle qui se rapportait au système suivi par lui pour aboutir à la conclusion qu'il fallait chercher le meurtrier parmi les six amis.

Senterre l'écoutait avec un intérêt passionné tandis qu'une pâleur mortelle envahissait graduellement son visage.

– Fort bien! dit-il enfin. Avez-vous réfléchi que trois d'entre nous sont morts et peut-être quatre?

– J'y ai pensé.

– En ce cas vous avez dû penser aussi...

La voix de Senterre se fit tremblante :

– ... que *l'assassin doit être l'un des survivants?...*

– J'y ai si bien pensé que j'ai eu aussitôt l'idée de vous convoquer ici afin de vous demander l'emploi de votre temps le jour où...

M. Wens s'interrompit. Senterre s'avançait vers lui, le visage décomposé par la fureur. Lorsqu'il eut atteint le bureau de l'inspecteur, il leva son poing et l'abattit sur le sous-main :

– Misérable! Voulez-vous insinuer que j'aurais pu,

moi – moi! – attenter à la vie de mes amis les plus chers?

– Vous m'en voyez au regret, répondit tranquillement M. Wens, mais je suis obligé, par la force des circonstances, d'envisager toutes les éventualités...

– Vous m'insultez! cria Senterre qui ne se contenait plus. Comment pouvez-vous, pauvre imbécile, avoir la moindre idée de la grandeur d'une amitié comme la nôtre?... Vous m'insultez, voilà ce que vous faites, et vous m'en rendrez raison!...

M. Wens se leva :

– Vous me rendrez d'abord raison de votre attitude, monsieur Senterre.

Il sonna et, au planton accouru :

– Veuillez prier M. Crouplet de venir ici immédiatement. Il s'agit d'enregistrer une déposition.

L'agent sorti, Senterre s'approcha de M. Wens à le toucher :

– Vous m'avez toujours été antipathique, odieux! Petite vipère! Mais nous nous retrouverons et, ce jour-là...

L'inspecteur écarta Senterre et regagna son bureau.

– Désolé, fit-il d'un ton indifférent. Désolé, mais résolu. J'aurais cru que vous vous faisiez une notion plus exacte des exigences, parfois pénibles, de notre métier. Je vous avertis que je vais vous interroger sur l'emploi de votre temps pendant le meurtre de vos amis et que vos déclarations vont être consignées... Si cette façon de procéder vous déplaît le moins du monde, dites un mot. J'en dirai aussitôt un autre et le juge d'instruction se fera un plaisir de remplir un mandat d'arrêt à votre nom...

Il se retourna :

– Entrez donc, monsieur Crouplet. Il s'agit de prendre acte des réponses que va me faire monsieur...

Installez-vous là, à cette petite table : vous y serez très bien...

Senterre, toujours livide, ne parvenait pas à retrouver son sang-froid.

– Laissons de côté pour le moment la mort de votre ami Namotte, dit M. Wens en allumant une cigarette. Jusqu'à preuve du contraire, je continuerai, si vous le voulez bien, à les appeler vos amis... Laissons également de côté la mort et l'enlèvement de Gernicot...

– Parbleu! Vous avez beau jeu d'accuser, d'incarner les grands inquisiteurs... Puisqu'il faut, quoi qu'il m'en coûte, parler le même langage que vous, comment voudriez-vous que j'aie commis ces deux crimes?...

– Namotte peut être mort accidentellement... et vous pouvez avoir fait tuer Gernicot par un complice...

Senterre serra les poings :

– Un complice, vraiment?... Vous possédez sans doute quelque notion de l'identité de ce complice?... Vous ne pensez pas que c'est un pur esprit, par hasard?...

– Non, je ne le pense pas. Mais vous renversez les rôles, monsieur Senterre. Je regrette de vous rappeler que c'est à moi qu'il appartient de poser des questions... Vous vous souvenez peut-être que j'ai refusé de vous communiquer une hypothèse formulée aussitôt après le meurtre de Nestor Gribbe... L'horreur même de cette hypothèse me rebutait... Je suis forcé de vous la révéler aujourd'hui... Gribbe peut avoir été tué comme je vous l'ai expliqué le jour même du crime... Mais il peut l'avoir aussi été autrement, et d'une manière beaucoup plus simple...

– Par moi, sans doute?...

– Précisément, par vous. Souvenez-vous que je n'atteignis le palier qu'après vous avoir entendu crier... Quoi de plus simple pour vous, en vérité, que d'enfoncer un stylet dans la nuque de votre ami alors que vous le serriez dans vos bras... et de m'appeler ensuite? Qu'avez-vous à répondre à cela?

Senterre s'était assis. Accablé, il se prit la tête dans les mains :

– Je... Je n'ai rien à répondre... On ne réfute pas une calomnie...

M. Wens hocha la tête :

– Le fait est qu'il vous est impossible de rien répondre à cette supposition. Dieu seul sait ce qui se passa alors sur le palier. Mais je veux faire quelque chose pour vous, monsieur Senterre... Êtes-vous prêt à jurer devant Dieu que vous n'avez pas tué votre ami Nestor Gribbe?... Cela ne changera rien à votre situation envers la justice, je vous en avertis, mais, quant à moi, j'éprouve toujours de la répugnance à penser que l'on puisse faire de faux serments et peut-être...

Senterre s'était dressé.

– Je jure devant Dieu, dit-il d'une voix basse mais ferme, que je ne suis pour rien dans le meurtre de mon ami Nestor Gribbe, pas plus que...

– Inutile de poursuivre... Vous vous rendez compte, n'est-ce pas, que personne au monde ne pourrait dire que vous avez ou que vous n'avez pas, seul sur le palier de votre appartement, tué Gribbe? Naturellement, si je pouvais prouver que vous avez commis les autres crimes, la conclusion s'imposerait d'elle-même... Il n'est peut-être pas inutile que je vous pose cette question : vous niez sans doute que le stylet vous appartienne, que vous l'ayez jamais vu avant le jour du crime?... Vous pourrez noter la réponse, monsieur Crouplet...

– Je le nie...,dit Senterre.

Il ajouta avec regret :

– ... puisque vous m'avez mis dans la situation de nier.

M. Wens écrasa sa cigarette dans un cendrier :

– Je tiens à insister sur tout ce qu'a d'irrégulier votre

présent interrogatoire, mais je suppose que, pas plus que moi, vous ne vous embarrassez de formalités et que vous n'avez pas de plus cher désir que de voir la vérité se fair jour le plus tôt possible... Qui sait?... Si vous êtes innocent, votre vie dépend peut-être de la promptitude que nous apporterons à élucider cette affaire... Mais venons-en à la disparition de Hubert Tignol... Nous avons relevé, dans le chemin creux sur lequel donne la sortie dérobée de l'aérodrome, les traces de pneu d'une automobile... Je n'y attacherais pas d'autre importance si l'enlèvement de Tignol en automobile n'expliquait sa subite disparition... On l'a certainement entraîné de cette manière dans quelque guet-apens... Nous nous trouvions ensemble, à un certain moment, sur le champ d'aviation... Puis je vous perdis de vue... Où étiez-vous?

– Noyé dans la foule.

– Je ne vous ai pas aperçu.

– Il n'y a rien là d'étonnant...

– Pourquoi, puisque vous vous trouviez en compagnie de votre ami Perlonjour lorsque vous avez appris le retour de Tignol, vous être séparés?

– Perlonjour demeura au café pour vous téléphoner tandis que je sautais dans un taxi...

– Qu'avez-vous fait lorsque Hubert Tignol prit sa course vers la sortie dérobée de l'aérodrome?

– Je ne l'ai pas vu prendre la fuite. Je vous répète que j'étais prisonnier de la foule. Je me décidai très vite à rentrer chez moi, pensant que Tignol, sitôt qu'il aurait quitté le champ d'aviation, viendrait me rendre visite.

– Comment avez-vous regagné votre domicile?

– En taxi.

– Pourriez-vous me donner le numéro de ce taxi?

– Evidemment non.

– Le concierge, sans doute, vous a vu rentrer chez vous?

– Non, je suis rentré par la porte de derrière.

– J'en suis fâché pour vous, monsieur Senterre, mais, jusqu'à preuve du contraire, je peux croire que vous avez eu au moins la possibilité de participer à l'enlèvement de Hubert Tignol.

M. Wens conclut :

– Rassurez-vous, toutefois. Ces faits sont insuffisants à justifier votre arrestation. Je le regrette car j'eusse aimé vous garder, innocent ou coupable. De toute façon, je sauvais au moins une vie humaine : la vôtre, si vous êtes innocent... Je sauvais, d'autre part, si vous êtes coupable, la vie de quatre personnes... Enfin!... Avant de terminer cet entretien, je vous demanderai de me raconter encore une fois par le menu le retour de votre ami Gernicot...

Dix minutes plus tard, Senterre quittait le bureau de l'inspecteur. Il chancelait et dut se faire reconduire chez lui en taxi. M. Wens l'avait prié, en prenant congé de lui, de se tenir à la disposition de la justice. De sa colère de tantôt, il ne restait rien qu'un morne, un profond abattement.

– A l'autre! gronda Vorobeïtchik, Senterre sorti.

Mais il n'osait espèrer davantage de l'interrogatoire de Perlonjour que de celui de son ami. Il se rendait une fois de plus compte que l'affaire était trop complexe pour que de simples questions, si poussées fussent-elles, pussent lui permettre de démasquer l'assassin.

– Introduisez M. Perlonjour. Non, un instant...

Il décrocha le récepteur du téléphone :

– Oui, ici, Wens... Retrouvé?... Quoi? Que dites-vous?...

Pendant qu'il écoutait avec attention, les traits de son visage s'altéraient.

Il raccrocha enfin l'appareil et répéta d'une voix plus dure :

– Introduisez M. Perlonjour.

XX

PERLONJOUR SE DÉROBE

Perlonjour pénétra dans le bureau et s'assit sur l'invitation du détective. Il avait son air habituel d'enfant boudeur, mais paraissait beaucoup moins sûr de lui que Georges Senterre.

Il regarda furtivement M. Wens, puis le greffier :

– Je me disposais précisément à venir vous trouver, monsieur Wens, quand un de vos hommes s'est présenté à mon hôtel et m'a signifié votre désir de me voir d'urgence. Il a même tenu à m'accompagner jusqu'ici : sa conversation n'offre guère de ressources, entre nous.

– Vous vous disposiez à venir me trouver? Pourquoi?

– Je... J'aurais voulu vous proposer ma collaboration...

– Pour...?

– Rechercher l'assassin de mes amis.

– Trop tard! fit durement M. Wens. Il n'est plus temps pour moi d'accepter cette collaboration, du moins telle que vous l'entendez...

Et, en phrases brèves, incisives, comme il l'avait fait pour Senterre, il exposa la situation à son interlocuteur.

Celui-ci l'écouta sans l'interrompre.

– Je m'y attendais, dit-il seulement quand il eut fini.

Mais il parut à M. Wens que sa voix le trahissait, était moins ferme qu'il ne l'eût voulu.

– Vous vous attendiez à quoi? insista le détective, volontairement agressif.

– A ces soupçons... Peut-être devrais-je même dire :

« à cette accusation »?... C'était en quelque sorte mathématique... Tous ceux d'entre nous qui échappent aux coups de l'assassin tombent sous ceux de la justice... Vos déductions – séduisantes, je m'empresse de le reconnaître – nous poussent à ce dilemme : nous faire tuer pour vous prouver notre innocence!

Cette réflexion était trop juste pour laisser M. Wens insensible :

– Hélas! oui, monsieur Perlonjour! Telle est la situation. Il en est, je vous le concède volontiers, de plus réjouissantes et vous comprendrez sans doute que vous ayez un intérêt vital à voir l'affaire résolue dans un minimum de temps. Votre ami Senterre a exprimé beaucoup d'indignation lorsqu'il m'a fallu l'interroger. J'espère vivement que vous allez vous montrer plus raisonnable. Comme pour lui, il me faut présentement laisser de côté la mort de Namotte... Mais j'aimerais vous entendre me dire où vous vous trouviez le jour où l'on tira sur Gernicot?

– J'étais allé embrasser ma vieille maman qui habite le village de W...

– Si je ne me trompe, vous deviez retrouver Senterre le soir même, dans son appartement?

– C'est exact. Mais je manquai une correspondance et arrivai plus tard que je ne l'avais prévu.

– M. Senterre a prétendu vous avoir rencontré dans l'escalier en revenant chez lui en compagnie du docteur Thiénot.

– En effet : je venais d'atteindre le palier du premier étage lorsqu'ils me rejoignirent...

– Je suppose que vous êtes allé directement de la gare au domicile de votre ami!

– Non, je me suis attardé à bavarder quelque temps avec un ancien condisciple retrouvé par hasard sur le quai et qui partait pour l'étranger.

– Comment êtes-vous entré chez Senterre? Par la porte de derrière, naturellement?

– Oui, j'ai très vite pris l'habitude d'entrer par là pour éviter de répondre chaque fois aux questions du concierge.

M. Wens nota sur son carnet les heures des trains pris par Perlonjour, se réservant de les vérifier soigneusement :

– Venons-en, si vous le voulez bien, au meurtre de Nestor Gribbe. C'est un hasard bien étrange, vous l'admettrez, que celui qui vous fait arriver deux fois de suite sur les lieux d'un crime quelques minutes après ce crime... Interrogé par moi à ce moment, vous avez refusé de m'avouer le motif qui vous amenait chez votre ami. Vous m'avez simplement déclaré qu'il s'agissait de discuter avec lui d'une affaire personnelle. Persistez-vous à ne pas vouloir répondre à cette question ?

Perlonjour soupira :

– Senterre et moi étions sur le point de nous brouiller à propos de... d'une femme. Je résolus ce jour-là de tenter une démarche auprès de lui et de provoquer une explication définitive, ce que je fis du reste deux ou trois jours plus tard. J'ajouterai...

Il parut hésiter :

– ... que je ne me résolus qu'avec peine à tenter cette démarche. Au moment de pénétrer chez Senterre par la porte dérobée, la crainte de prononcer des mots irréparables me retint, je m'appuyai au mur pour réfléchir encore une fois à la situation et... quelques minutes se passèrent certainement ainsi.

– Ah! dit M. Wens.

Le jeune homme avait évidemment pu employer ces dix minutes tout autrement qu'il ne le disait. D'autre part, rien ne le forçait à cet aveu et il fallait peut-être voir là la raison pour laquelle l'assassin de Gribbe – s'il avait agi conformément aux déductions de M. Wens le jour du meurtre – avait été contraint de s'enfuir par les toits, n'osant, de peur d'être reconnu, sortir par la porte de derrière et passer, par conséquent, devant Perlonjour.

– C'est vous, reprit le détective, qui m'avez averti par téléphone du retour de Hubert Tignol. Qu'avez-vous fait après m'avoir donné ce coup de téléphone?

– J'arrêtai un taxi pour me faire conduire à l'aérodrome.

– Je ne vous ai pas aperçu sur le champ d'aviation?

– Rien d'étonnant à cela. Mon taxi a eu une panne et je perdis un temps précieux à en chercher un autre. Lorsque j'arrivai à l'aérodrome, la foule commençait déjà à se disperser...

– Ah? redit M. Wens.

Le jeune homme était peut-être sincère, mais l'impossibilité dans laquelle il se trouvait de faire valoir des témoignages à l'appui de ses dires ouvrait le champ à tous les soupçons.

– Vous n'avez naturellement pas relevé les numéros des taxis qui vous ont conduit au champ d'aviation?

– Naturellement non.

– Qu'avez-vous fait lorsque vous vous êtes rendu compte que vous arriviez trop tard pour rencontrer votre ami Tignol?

– Je suis rentré chez moi.

– Par quel moyen?

– Par le tramway. Je... Je ne suis pas riche, monsieur Wens.

– Simple façon de parler. Vous serez très riche un jour... si Dieu vous prête vie.

– Non. Dès ma première entrevue avec Senterre, j'ai manifesté mon désir de ne pas vouloir profiter de la fortune de mes amis.

– Vous y serez bien obligé par le pacte que vous avez conclu il y a cinq ans.

– Vous vous trompez. Personne au monde ne pourrait m'y contraindre.

– Permettez-moi d'être heureusement impressionné par un tel désintéressement... L'une ou l'autre personne vous a-t-elle vu rentrer à votre hôtel ce soir-là? De façon générale, quelqu'un pourrait-il confirmer les réponses que vous venez de me faire?

Perlonjour réfléchit un long moment :

– Non, je ne crois pas. On ne se préoccupe guère de recueillir des témoignages lorsqu'on ignore que des soupçons pèsent sur vous...

– Il n'empêche que j'en suis en quelque sorte réduit à vous croire sur parole et ma... conscience professionnelle s'y oppose formellement! Je crois que je vais être obligé de vous garder à la disposition du Parquet.

Perlonjour devint livide :

– Vous ne voulez pas dire que... que vous allez m'arrêter?

– M. Wens inclina la tête sans répondre.

« Tant pis! pensait-il. Sans doute ne m'apparaît-il ni plus ni moins coupable que Senterre, mais il est réellement indispensable que j'en tienne un sous les verrous. Nous verrons alors si l'assassin continue à frapper. C'est actuellement le seul moyen pratique que j'aie à ma disposition pour faire la lumière. M. Voglaire ne sera peut-être pas très content... mais tant pis! »

– Je proteste de mon innocence, monsieur Wens! dit Perlonjour d'une voix tremblante.

L'inspecteur se pencha vers le jeune homme :

– Je ne demanderais qu'à vous croire. Hélas! vous êtes réellement trop compromis dans le meurtre de Gernicot et de Tignol pour que...

– Mais Tignol n'est peut-être pas mort!

– Il est mort. On vient de me signaler qu'on a retrouvé son cadavre dans le fossé bordant la route qui va du champ d'aviation au village de S..., distant de huit kilomètres. Votre ami a dû être enlevé en automobile et son ravisseur – le chauffeur, probablement –, au lieu de le conduire en ville, aura tourné du côté du village... Une panne lui a apparemment servi de prétexte pour faire descendre Tignol de voiture et votre ami aura été abattu sur place...

(La suite des événements devait prouver que ce raisonnement était exact en tous points.)

– Il a été tué de deux coups de revolver.

– Affreux, balbutia Perlonjour.

Il paraissait profondément accablé.

– Je vous disais donc, enchaîna M. Wens, que vous étiez trop compromis dans ces deux meurtres pour que je puisse vous laisser en liberté. Je ne parle même pas de celui de Gribbe...

Son ton se fit moins dur :

– Ne vous frappez pas toutefois : j'ai de bonnes raisons de croire que votre emprisonnement, si vous êtes innocent, sera de courte durée...

Perlonjour parut en prendre brusquement son parti :

– Soit!... Il est cependant une chose que vous ne pouvez me refuser, monsieur Wens : c'est de passer par mon hôtel y prendre quelques objets indispensables et téléphoner à une personne qui... qui m'est chère.

– Vous pouvez téléphoner de mon bureau. Et je puis charger un agent d'aller chercher ces objets dont vous lui dresserez la liste.

– Non, insista le jeune homme. Vous ne pouvez me refuser cela!... Si vous le désirez, accompagnez-moi. J'ai pensé que le portier avait peut-être remarqué mon retour, hier soir, et que si je l'interrogeais moi-même...

– Eh bien, allons! décida brusquement M. Wens.

L'auto du Parquet les mena rapidement à destination. Le jeune homme rassembla quelques-uns de ses effets sous les yeux de M. Wens, puis ils interrogèrent le portier.

Mais celui-ci ne put rien préciser :

– Il entre et il sort tant de monde, vous comprenez...

Perlonjour parut moins accablé par cet échec qu'on eût pu s'y attendre.

– J'oubliais ce coup de téléphone! fit-il soudain, ouvrant une porte vitrée à sa gauche.

– Faites-vite! recommanda machinalement M. Wens.

Perlonjour obéit à la lettre. La porte vitrée ouvrait sur un étroit couloir donnant lui-même sur la cour de l'hôtel. Quand M. Wens s'avisa d'aller à sa recherche, il avait disparu.

XXI

LA CINQUIÈME VICTIME

Senterre ouvrit à l'aide de sa clef la porte d'entrée de son appartement, celle qui donnait directement sur le salon, pénétra dans la pièce et fit de la lumière.

Après sa visite à M. Wens, visite dont il conservait une impression des plus pénibles, il était allé dîner dans un restaurant du centre de la ville. Il avait eu un instant l'intention de terminer sa soirée au music-hall, puis s'était décidé à réintégrer son appartement.

« Les questions de ce maudit argousin m'ont bouleversé, pensa-t-il. Je me coucherai tôt... »

Il jeta sa canne et son chapeau sur une chaise et s'approcha de la table qui se trouvait au centre de la pièce. Une large enveloppe grise à son nom portant la mention : *Urgent et confidentiel* y était placée en évidence.

Senterre se laissa tomber dans un fauteuil et déchira l'enveloppe. Elle contenait un papier plié en deux portant ces seuls mots :

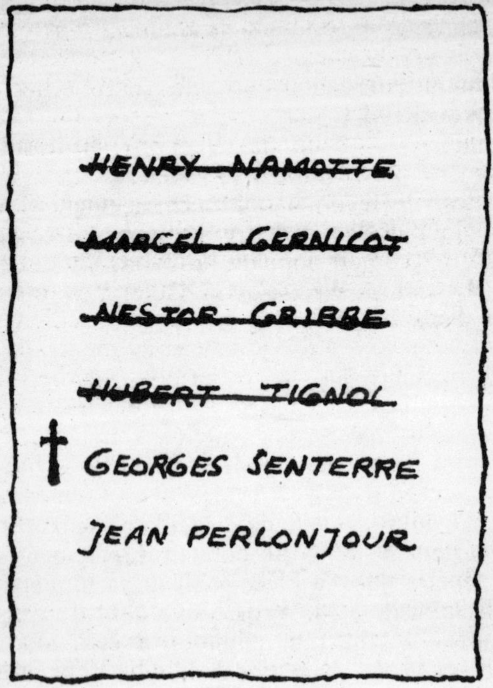

– Ainsi, mon tour est venu! murmura-t-il, se rappelant amèrement l'accusation portée par M. Wens.

Lui, Senterre, l'assassin de ses amis! Il lui suffirait maintenant de montrer ce papier à l'inspecteur pour le convaincre de son innocence. Mais voilà, aurait-il le loisir de le lui montrer? L'assassin inconnu n'allait-il pas lui rendre visite cette nuit même?

Senterre considéra pensivement l'appareil téléphonique. Il ne dépendait que de lui de prévenir M. Wens qui organiserait aussitôt une souricière.

Oui... Mais, outre qu'il répugnait à Senterre d'appeler l'inspecteur à son secours, il se pouvait que l'assassin rôdât déjà aux environs et renonçât à son sinistre projet en remarquant l'arrivée des policiers. Quel triomphe enfin pour Senterre s'il pouvait réduire et démasquer l'énigmatique meurtrier sans aide aucune!

Son parti fut aussitôt pris. Il ne téléphonerait pas à M. Wens, n'appellerait personne à la rescousse, ne fuirait pas son appartement... Il allait, tout au contraire, confortablement installé dans ce fauteuil, attendre l'arrivée de leur implacable ennemi à tous.

Dès qu'il se sentit résolu à combattre, un grand calme envahit Senterre. Il évoqua tranquillement le visage d'Asuncion, puis, comme il ne manquait ni de courage ni d'humour, se leva et alla prendre dans sa bibliothèque *Les Oraisons funèbres* de Bossuet.

Il rapprocha ensuite son fauteuil de la table, y posa le volume à portée de sa main et tira son browning de la poche de son pantalon. Après l'avoir soigneusement vérifié, il le glissa dans la poche droite de son veston et s'installa dans le fauteuil.

« Parfait! » pensa-t-il.

Et, réellement, c'était parfait. Le dos tourné au mur, assis près du téléphone, il commandait aux deux portes ouvrant sur le salon : celle du palier et celle qui séparait le salon de la chambre à coucher.

Il ouvrit *Les Oraisons funèbres*, mais ne put plier son esprit à la lecture. Il se plut alors à imaginer l'apparition soudaine de l'assassin dans l'un ou l'autre coin de la chambre.

« Il se croit décidément bien fort pour ne pas résister à l'envie de me prévenir... »

Il réentendait M. Wens lui déclarer fermement :

« Il faut chercher l'assassin dans l'entourage même des victimes... L'un de vous six est l'assassin! » *L'un de vous six*, cela se réduisait maintenant à *l'un de vous deux*.

« J'ai d'excellentes raisons de croire que ce n'est pas moi, pensa Senterre, et de non moins excellentes de croire que ce n'est pas Perlonjour!

Il l'avait d'ailleurs dit à l'inspecteur : « Pouvez-vous avoir la moindre idée de la grandeur d'une amitié comme la nôtre?... »

L'horloge sonna la demie. Senterre avait fermé les yeux. Il montait peu de bruits de la rue à cette heure et tout était silence dans la maison.

« Toi aussi, tu es un homme mort... »

– La phrase prophétique de Gernicot lui revint soudain à l'esprit, mais il l'en eut tôt chassée... C'eût été bien la peine d'avoir vécu cinq ans d'aventures pour se laisser stupidement envahir par la peur dans un appartement hermétique, au centre d'une grande cité!

Non, non, il n'avait pas peur. Il était en possession de tout son sang-froid. Un peu d'énervement peut-être...

Il alluma une cigarette et chercha à recréer une fois de plus la troublante image d'Asuncion. Depuis sa dernière entrevue avec Perlonjour, il n'osait plus se demander si cette femme l'aimait, si elle serait jamais à lui.

L'horloge se mit à battre l'heure et Senterre compta les coups. « Dix. » *L'homme* viendrait-il cette nuit? Allait-il commettre cet acte d'une audace inouïe? N'allait-il pas plutôt attendre, comme il l'avait fait jusqu'à présent, une occasion favorable?

Senterre se redressa soudain et, si maître de ses nerfs qu'il fût, ne put s'empêcher de frissonner longuement. Mais il se domina vite, se répétant comme une exhortation : « Allons... Allons... »

La pièce venait d'être brusquement plongée dans l'obscurité.

Senterre se contraignit à demeurer une minute

immobile. Il sentait une goutte de sueur couler le long de sa joue.

Puis il serra les accoudoirs de son fauteuil en pensant : « Un plomb sauté... Ce ne peut être qu'un plomb sauté si ce n'est pas une panne générale d'électricité?... » Il se leva et se dirigea à tâtons vers la fenêtre qui découpait sur le tapis un rectangle de lumière pâle.

Il aperçut de la lumière à la façade de l'hôtel d'en face et songea : « C'est bien cela... un plomb sauté... »

A ce moment, le timbre de la porte d'entrée retentit.

Senterre serra les dents. Il n'allait pas flancher. Il n'était pas une femmelette. Cinq ans d'aventures... On allait bien voir!

La main dans la poche droite de son veston, il gagna la porte d'un pas ferme et l'ouvrit toute grande, d'un coup brusque.

Dans la lumière confuse qui éclairait le palier et entrait par une fenêtre percée dans le haut de la cage d'escalier, une haute silhouette noire se tenait immobile.

– Qui êtes-vous? dit Senterre.

L'homme, dont on distinguait mal le visage dans la pénombre, se découvrit et interrogea d'une voix qui éveilla chez Senterre de singulières réminiscences :

– C'est bien à monsieur Senterre que j'ai l'honneur de parler?

– Oui. Que me voulez-vous?

– Inspecteur de police Frédéric. Je suis chargé par M. Vorobeïtchik de veiller sur votre personne.

– Je ne suis pas un enfant. Je peux me garder moi-même.

– Mille regrets, monsieur Senterre. Je suis chargé d'une mission, je dois la remplir...

– Soit... Entrez.

Senterre s'effaça pour laisser passer le visiteur. Où avait-il déjà entendu cette voix? Au Palais de Justice peut-être... Et quelle autre silhouette lui rappelait celle de l'inspecteur Frédéric?

– Diable, on n'y voit goutte chez vous! grommela celui-ci qui s'était pris le pied dans un coussin.

– C'est un plomb qui vient de sauter, dit Senterre. Le tableau électrique se trouve dans un placard, sur le palier. Si vous m'aidiez, je pourrais remettre les choses en état...

Il alla à un petit secrétaire sur lequel il savait trouver un bougeoir tout préparé, frotta une allumette, bouta le feu à la chandelle.

Tournant à demi le dos à son visiteur, il sentait son regard peser sur sa nuque et, brusquement, *il sut* qu'il venait d'introduire délibérément l'ennemi, l'assassin de ses amis. Il fut tout illuminé de cette certitude. Cet homme n'était pas un inspecteur de police. C'était lui, l'auteur de la panne d'électricité...

Senterre, son fragile luminaire à la main, se dirigea lentement vers le palier où il découvrit le tableau électrique :

– Monsieur Frédéric?

L'homme sortit de l'ombre :

– Monsieur Senterre?

– Voulez-vous bien m'aider? Approchez...

L'homme fit deux pas en avant et Senterre, levant son bougeoir, remarqua qu'il portait des lunettes à monture d'écaille tandis qu'un foulard dissimulait le bas de son visage. Dès lors, s'il en avait conservé, ses derniers doutes se fussent dissipés...

– Inspecteur de police... dit-il pensivement. Cela doit être un beau métier. Fertile en imprévu, en émotions, n'est-ce pas?... Ainsi, lorsque vous poursuivez un meurtrier, un être immonde qui frappe dans l'ombre, lorsque vous vous trouvez près de l'atteindre, lorsque vous le sentez, en quelque sorte, à vos côtés... Cela doit être un beau moment?... Veuillez approcher davantage, monsieur... Frédéric, n'est-il pas vrai? Figurez-vous que votre nom m'échappait!

Les deux hommes se trouvaient maintenant côte à côte devant le tableau électrique. Senterre leva encore un peu la bougie et fit effort pour ne pas tressaillir : *il n'y avait pas de verres* aux lunettes du soi-disant inspecteur.

« Ainsi il est là... C'est lui... Je le tiens! » pensa Senterre.

Il cherchait en même temps à se souvenir où il avait déjà vu le regard de cet homme. Car il l'avait déjà vu. C'était un regard que Senterre connaissait bien, très bien!

« Allons, c'est le moment... », pensa-t-il.

– Je vais vous demander de tenir ce bougeoir et de m'éclairer pendant que je vérifierai le tableau...

– Donnez, fit l'homme qui paraissait sans défiance.

Senterre lui passa son luminaire et glissa la main droite dans la poche de son veston.

– Pas un geste... ou je tire! ordonna-t-il vivement, en retirant son browning.

Profitant que l'homme était embarrassé par le bougeoir, de la main gauche il lui arracha son foulard et fit sauter ses lunettes.

Mais il n'avait pas achevé son geste qu'il reculait et s'adossait au mur, épouvanté.

– Toi! bredouilla-t-il d'un ton où perçait une tenace incrédulité.

Il n'eut pas le temps de rien ajouter. L'inconnu avait tiré à bout portant, à travers la poche de son veston.

XXII

« ON A ENLEVÉ MADAME! »

– Dommage! dit M. Wens. Dommage, monsieur Voglaire, que vous ne me les ayez pas laissé arrêter! Senterre serait encore vivant à l'heure actuelle et nous tiendrions Perlonjour...

– Que faire? gémit le juge d'instruction. Que faire, Wens? Ma carrière est brisée! La vôtre aussi, naturellement, mais cela vous laisse froid.

– Vous vous trompez... Il ne saurait m'être indifférent que l'on dise que cinq hommes sont morts par ma faute.

– Mais il n'y a rien là de votre faute! Je sais, moi, qu'il n'y a rien là de votre faute! Qu'eussiez-vous pu faire d'autre que ce que vous avez fait?... Quant à moi, vous avez raison, j'aurais dû, lorsque vous m'en avez parlé, signer immédiatement deux mandats d'arrêt au nom de Senterre et de Perlonjour... A présent!...

L'encyclopédique M. Voglaire – comme l'appelait Asuncion – baissa la tête d'un air accablé.

– Vous n'avez naturellement pas la moindre idée de l'endroit où se cache Perlonjour? interrogea-t-il après un temps.

– Pas la moindre... Mais Henry, Walter et Cardot sont après lui.

– Il n'y a pas un journal qui ne parle de lui comme du meurtrier... Qu'allons-nous faire?

– Je viens de câbler au capitaine de *L'Aquitaine,* dit M. Wens d'un ton détaché. J'attends beaucoup de sa réponse.

Il insista sur : « beaucoup ».

– Mais il doit se livrer à des recherches assez poussées. Cela peut encore prendre du temps.

Une fois rentré dans son bureau, M. Wens se jeta

dans son fauteuil et, une cigarette aux lèvres, entreprit de préciser son idée. Une idée apparemment absurde... Il se rappelait avoir dit à Senterre qu'il n'avait pas été sans faire de nombreuses et intéressantes remarques, mais que toutes semblaient embrouiller l'affaire davantage. Il avait ajouté qu'il ne doutait cependant pas qu'elles ne concourussent finalement un jour à la découverte de la vérité. Ce jour était venu, le jour où, réunissant ces remarques en faisceau, il appartenait à l'inspecteur de faire jaillir la lumière.

« Bon Dieu, si je pouvais enfin recevoir cette réponse du capitaine de *L'Aquitaine*! »

3 heures, puis 4 heures sonnèrent. M. Wens ne bougeait pas. Il avait posé les bras sur la table et le front sur ses bras. Il paraissait dormir. Enfin il fit un mouvement, amena à lui une feuille de papier et y dessina un rapide croquis. Il médita longuement sur ce croquis, puis chiffonna le papier, le roula en boule et le jeta au panier.

On frappa à la porte et le planton pénétra dans le bureau :

– Il y a là une femme qui insiste pour être reçue...

– Une femme? Vous a-t-elle dit son nom?

– Non. Elle m'a simplement déclaré être au service d'une dame que monsieur l'inspecteur connaît bien et qu'il était nécessaire qu'elle parlât tout de suite à monsieur l'inspecteur... Elle paraît toute retournée.

– Amenez-la-moi.

La minute d'après, une femme d'un certain âge pénétrait dans le bureau. M. Wens la reconnut immédiatement : c'était la femme de chambre d'Asuncion. Elle donnait tous les signes d'une vive émotion et les premiers mots qu'elle prononça furent : « On a enlevé Madame! »

– Vraiment! fit M. Wens, affichant ce scepticisme

qui poussait généralement les simples à de promptes et complètes confidences.

– Oui, monsieur! s'écria la visiteuse en se laissant tomber sur une chaise qui gémit sous son poids. C'est comme je vous le dis... On a enlevé Madame... La pauvre, elle était sortie hier soir, juste après le dîner... « Je vais faire une petite promenade, Marie », qu'elle me dit... Et voilà que je la vois revenir vers 10 heures et demie, avec un monsieur... Elle était pâle, livide comme qui dirait...

– Et le monsieur, comment était-il.

– Ça, je ne pourrais pas vous le dire... Oh! ce n'est pas, vous comprenez bien, que je ne l'aie pas regardé... Il était grand, pour ça oui, il avait un chapeau noir et des lunettes... Et un foulard... Mais quant à dire comment il était fait, et s'il était beau ou laid, je ne le pourrais pas...Il me tournait quasiment tout le temps le dos, même qu'on aurait dit qu'il le faisait exprès... Alors, comme je restais à le regarder : « Laissez-nous, Marie », que dit Madame... Elle paraissait si défaite, retournée comme qui dirait, que je lui demandai si elle n'avait besoin de rien... « De rien », qu'elle me dit, « laissez-nous »... Alors, je suis retournée dans ma cuisine en laissant la porte ouverte comme de bien entendu... Et tout le temps je les entendais se disputer, l'homme avec une voix dure et sèche, et la pauvre dame qui paraissait se plaindre, ou quasiment supplier... J'en avais le cœur à l'envers, mais je ne pouvais pas, quoi, rester là toute la nuit... Alors, je suis allée me coucher mais, comme de bien entendu, je ne pouvais pas fermer l'œil... Ce n'est pas tous les jours que Madame reçoit des hommes et, jolie comme elle est, ça m'a bien surprise dans les premiers temps... Celui-là, je ne l'avais jamais vu et il m'avait tout l'air d'un mauvais drôle... Un homme qui cache la figure que le bon Dieu lui a donnée, ça n'est pas grand-chose... Et voilà que, pendant que j'étais là à me tourner les sangs, j'entends une porte qui se ferme, et des voix dans l'escalier, et puis encore une porte qui se ferme... « Celle de la rue » que je me dis... Me voilà qui me lève, moi, et qui ouvre ma fenêtre, et qui me penche... Et qu'est-ce que je vois?... Madame et cet homme qui traversent la rue... Il lui tenait le bras, on aurait dit qu'il la poussait... Et je les vois entrer dans un taxi... Moi, je ne savais plus que penser... Madame partir comme ça, en pleine nuit, avec un inconnu quasiment... Je ne me suis pas rendormie tout de suite, allez...

Malgré toute l'envie qu'il en avait, M. Wens se serait bien gardé d'interrompre le récit de la bonne femme. C'était encore une chose que l'expérience lui avait apprise, qu'on perd son temps à pousser cette sorte de gens à se montrer plus concis dans leurs propos.

– Ce matin, comme toujours, je monte à la chambre de Madame avec le petit déjeuner... Je frappe : pas de réponse... Je refrappe : toujours pas de réponse... Ma foi, j'entre... Madame n'était pas là, et le lit même pas défait... Je n'aimais pas, vous comprenez bien, penser qu'elle avait comme qui dirait découché : Madame est si bonne, si honnête... Je me dis : « Pour sûr qu'elle va rentrer et m'expliquer »...

– Et elle n'est pas rentrée?

– Non, monsieur... Et j'ai pensé qu'on l'avait quasiment enlevée!... Elle est si jolie, et le monde si méchant!... Alors, je suis venue vous trouver parce que Madame m'avait souvent parlé de vous... Je me suis dit...

A ce moment, la sonnerie du téléphone retentit.

– Une minute, madame, dit M. Wens.

Et il décrocha le récepteur.

Pendant qu'il écoutait la communication, son visage s'éclairait.

– Très bien, Walter. Ne le lâchez pas, mon vieux. Vous garderez la liaison avec M. Voglaire... Quoi?

L'arrêter?... Non, non... A aucun prix, vous entendez?... Suivez-le, mais n'y touchez pas... Au revoir.

Il raccrocha l'appareil et se tourna vers sa visiteuse :

– Vers quelle heure votre maîtresse a-t-elle quitté, hier, la maison?

– Ma foi, il devait être aux environs de minuit.

– Elle a pris une voiture, dites-vous? Y a-t-il une station de taxis aux environs?

– Oh! quasiment tout près : sur la place.

– Vous allez m'accompagner...

Vorobeïtchik saisit sa canne et son chapeau.

A ce moment, on frappa de nouveau à la porte du bureau, un agent entra et, sans mot dire, tendit une feuille de papier bleu à l'inspecteur.

Celui-ci la déplia rapidement et une subite bouffée de chaleur colora ses pommettes : ainsi *cette chose était possible!*

L'instant d'après, il avait quitté la pièce avec la femme de chambre d'Asuncion qui ne cessait de se répandre en lamentations.

Sur le bureau, au centre du sous-main, le papier bleu était demeuré ouvert, tel qu'il s'était échappé des mains de Vorobeïtchik.

On y pouvait lire :

MATELOT RÉPONDANT SIGNALEMENT PAS REMBARQUÉ STOP A NOM RAFAEL HERMANCE STOP BELGE STOP ANTECEDENTS DOUTEUX STOP CAPITAINE LESLY.

XXIII

LE DERNIER DES SIX

L'homme marchait vite, le cou rentré dans les épaules. Il avait relevé le col de son mince pardessus de demi-saison et prenait d'instinct par les rues les moins fréquentées. De temps à autre il se retournait et jetait autour de lui un regard soupçonneux. On eût dit qu'il craignait d'être suivi.

Il l'était.

Un taxi, roulant lentement au bord du trottoir réglait sa marche sur celle de l'homme et l'occupant de la voiture avait le nez collé à la vitre de la portière.

– Diable! murmura soudain celui-ci. Mais il va chez Senterre!...

Il ne se trompait pas.

Jean Perlonjour, après avoir, la veille, brûlé la politesse à M. Wens, passé la nuit dans un hôtel borgne et erré lamentablement pendant des heures, s'était résolu à se réfugier dans l'appartement de Senterre. Les journaux du matin lui avaient appris le meurtre de son ami et il ne se faisait plus guère d'illusions sur son propre sort. S'il échappait à l'assassin, il serait arrêté et ne saurait prouver son innocence. Alors mieux valait encore rechercher le meurtrier, se porter au-devant de ses coups...

Ayant pénétré dans la maison par la porte dérobée, Perlonjour atteignit bientôt le palier du second étage. Ainsi c'était là, à cette place même, que Senterre, la veille... Sa gorge se serra et, pendant un instant, il fut le plus malheureux des hommes, celui à qui l'on a tué tous ses amis.

Puis il s'approcha de la porte de l'appartement et constata que les scellés étaient mis. Bah, au point où il en était... Il fit sauter les scellés et glissa dans la serrure la clef que Senterre lui avait remise, à l'époque de son retour, quand il lui avait offert l'hospitalité. Hospitalité dont Perlonjour, certes, n'imaginait pas alors profiter aussi tardivement et dans de telles circonstances...

Il entra dans le salon, referma la porte et alla entrouvrir les volets. Puis, avec accablement, il se laissa tomber dans un fauteuil.

Il avait évidemment eu tort, la veille, d'obéir à

l'impulsion qui lui avait fait prendre la fuite. A présent, il n'y avait personne qui ne parlât de lui comme d'un assassin. Au contraire, s'il s'était laissé mettre sous les verrous, son épreuve n'aurait duré que quelques heures et son innocence, à l'heure actuelle, aurait éclaté aux yeux de tous.

Hélas! il n'avait pu résister à cette perspective : la prison. « Lorsque Asuncion apprendra... », avait-il pensé, et cela avait suffi à le décider à reconquérir sa liberté. Et puis... Et puis il y avait encore autre chose... Ce désir de rechercher lui-même l'assassin, de se mesurer avec lui, de venger ses malheureux amis. Il n'avait pas réfléchi qu'il ne possédait aucun moyen pratique de mettre ce projet à exécution; il s'était simplement dit que, une fois incarcéré, il devrait l'abandonner, laisser à d'autres le soin de châtier le coupable et de... défendre Asuncion. Car il savait – la jeune femme lui avait avoué son mariage – la vie d'Asuncion, elle aussi, en danger.

Mais comment faire comprendre ces sentiments à la police? Elle ne verrait, elle ne pouvait voir dans sa fuite que l'aveu de sa culpabilité.

Peut-être, à l'heure actuelle, savait-on déjà où le trouver? Peut-être, le soir même, serait-il arrêté? Il avait commis une grave imprudence en allant rôder aux environs de la demeure d'Asuncion. Cette maison devait être surveillée par la police, il était possible que quelque inspecteur l'eût aperçu et pris en filature. Il s'était retourné maintes fois en venant ici et n'avait remarqué aucun promeneur suspect, mais ce n'était pas une raison...

Peu à peu une ombre épaisse envahissait le salon. Le jeune homme alla à la fenêtre et consulta le ciel. Des nuées sombres, un vent violent annonçaient un orage prochain.

Perlonjour alla se rasseoir dans le fauteuil et, du plus profond de l'être, formula ce vœu :

« Puisse le meurtrier savoir que je suis ici... Puisse-t-il être résolu à me frapper aujourd'hui, comme, hier, il a frappé Senterre!... »

A ce moment, une large enveloppe grise fut glissée sous la porte et il comprit qu'il était exaucé.

Il se leva d'un bond, courut à la porte et l'ouvrit. Un gamin dégringolait l'escalier. Perlonjour le rattrapa :

– C'est toi, galopin, qui viens de glisser une lettre sous ma porte?

– Oui, monsieur! larmoya l'enfant. Ne me faites pas de mal!

– Dis-moi qui t'envoie...

– C'est un monsieur que je ne connais pas... Il m'a appelé comme je passais devant la terrasse du café, ici en face. Il m'a dit : « Tiens, voilà cent sous. Va glisser ceci sous la porte d'entrée de l'appartement du second étage de cette maison... » Je ne sais rien d'autre, monsieur, je vous le jure!

– Viens avec moi, dit Perlonjour.

Tenant toujours le gamin, il rentra dans l'appartement, alla à la fenêtre et, désignant la terrasse du café où ne se trouvaient attablés que deux clients :

– Lequel est-ce, ton monsieur?

– Aucun des deux, répondit le gamin. Il était prêt à partir lorsqu'il m'a appelé.

– Comment était-il?

– Grand, avec un chapeau noir et des lunettes. On ne voyait pas bien sa figure...

– C'est bon, dit Perlonjour. Tiens, voilà pour toi... Maintenant, file.

Le gosse ne se fit par répéter l'invitation et ce fut miracle s'il ne se rompit pas le cou dans l'escalier.

Perlonjour referma la porte et ouvrit l'enveloppe. Comme il s'y attendait, elle contenait le fatidique avertissement :

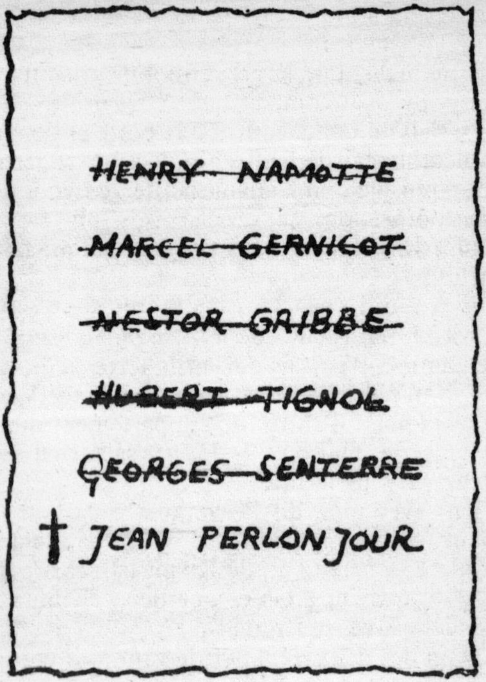

Les volets claquèrent furieusement contre le mur et Perlonjour se retourna :

– Grand Dieu! C'est un véritable cyclone!

Il alla fermer les volets. Puis il ouvrit la petite armoire aux liqueurs et se fabriqua un cocktail.

Comme Senterre, la veille, il était calme, sûr de lui. Comme Senterre, il était résolu à tuer ou à être tué.

Seulement, lui, il n'était pas armé...

XXIV

MORTE, LA BÊTE

– Restez-là, dit M. Wens.

Lui-même sauta de l'auto avant qu'elle fût complètement arrêtée et, y laissant la femme de chambre éplorée d'Asuncion, se dirigea vers un groupe de chauffeurs de taxis discutant avec animation à côté de leurs voitures.

En le voyant approcher, les hommes cessèrent de parler et le regardèrent avec méfiance. L'inspecteur n'hésita pas à exhiber sa carte officielle :

– L'un d'entre vous n'a-t-il pas chargé cette nuit un homme et une femme, un homme grand, porteur d'un chapeau de feutre noir, d'un foulard et de lunettes, une femme de taille moyenne et fort jolie?...

Il y eut, dans le groupe des chauffeurs, des chuchotements et des coups de coude. Puis un homme sortit des rangs et répondit avec mauvaise grâce :

– Si, moi.

– Pourriez-vous me dire où vous les avez conduits?

Le chauffeur parut hésiter, pour répondre enfin :

– Ils m'ont fait arrêter rue d'Amercœur.

– Pourquoi dites-vous : « Ils m'ont fait arrêter »?

– Tiens, parce qu'ils sont descendus là!

– N'est-ce pas plutôt parce que la rue d'Amercœur n'était pas le but de leur voyage?

L'homme regarda l'inspecteur avec des yeux ronds.

– Quelle adresse vous ont-ils donnée? insista M. Wens.

– L'homme m'a dit : « Arrêtez au bout de la rue d'Amercœur. »

– Et ils ont continué à pied?

– C'est bien possible.

– Prenez garde ! fit M. Wens. L'homme est un assassin, et pas un assassin ordinaire : l'assassin de cinq personnes. Il a pu tuer aussi la jeune femme qui l'accompagnait... Il me faut des renseignements précis. C'est une question de vie ou de mort et votre aide sera récompensée... Je suppose que, intrigué par la mine de vos clients, vous les avez suivis après les avoir déchargés où vous dites... Non ?

– C'est, ma foi, vrai ! admit le chauffeur. Dites, cet homme-là, ce n'est pas l'assassin des cinq amis ? Je disais justement aux copains...

– *C'est lui !* interrompit promptement M. Wens. L'avez-vous vu entrer quelque part ? Il n'y a pas une minute à perdre.

– Oh ! bien, oui, je les ai suivis ! Je ne pourrais pas vous dire le nom de la rue où ils sont entrés, mais je pourrais la reconnaître... C'est une rue étroite, une impasse bien possible, et la maison est la troisième à gauche...

– Vous allez m'y conduire.

Pendant que le chauffeur s'installait au volant de sa machine, Vorobeïtchik retourna à l'auto qui l'avait amené et expliqua en quelques mots à la femme de chambre d'Asuncion qu'on partait à la recherche de sa maîtresse.

– Je monte dans ce taxi, dit-il au chauffeur du Parquet. Vous n'aurez qu'à me suivre...

Un instant après, les deux voitures roulaient à bonne allure l'une derrière l'autre.

Quoi qu'il eût dit au chauffeur de taxi pour l'émouvoir, l'inspecteur ne pensait pas qu'Asuncion se trouvât en danger de mort. De l'imprévu avait pu se produire durant la nuit, de l'imprévu s'était certainement produit, mais – à présent qu'il savait, grâce à la réponse du capitaine Lesly, à quoi s'en tenir au sujet de l'assassin – M. Wens ne craignait plus pour les jours de la jeune femme. Le sort de Perlonjour l'inquiétait davantage.

La troisième maison à gauche, dans la rue étroite repérée par le chauffeur, possédait une façade peu engageante.

Ayant enjoint à la femme de chambre de demeurer dans la voiture, l'inspecteur pénétra dans le vestibule enténébré et tout empli d'une horrible odeur de graillon.

Une mégère surgit d'une petite porte basse.

– Qu'est-ce que c'est? dit-elle hargneusement. Que voulez-vous?...

Elle dévisageait avec insolence les trois hommes qui étaient devant elle :

– Cette maison est une maison honnête et...

– Fermez ça, la mère! dit M. Wens. Cette honnête maison sert de refuge à un assassin.

– Qu'est-ce que vous dites? rugit la vieille. Vous n'avez pas honte...

– Je vous dis de fermer ça, ou je vous fais « boucler » immédiatement, compris? Un homme et une femme sont entrés ici cette nuit. L'homme est grand et porte des lunettes; il avait hier un foulard et un chapeau de feutre noir... Où est sa chambre?

– Si c'est de M. Raymond que vous voulez parler, il loge au troisième : chambre 21.

– M. Raymond répond-il au signalement que je viens de vous donner?

– Oui.

– Depuis quand loge-t-il ici?

– Je ne peux pas vous dire exactement... Trois semaines, je crois.

– Il est rentré, cette nuit, avec une dame?

– Ça, mon bon monsieur!... Je ne m'occupe pas des allées et venues de mes locataires...

– Il est rentré, cette nuit, avec une dame?

– Ben... Je crois que oui.

– Avez-vous vu ressortir l'un ou l'autre?
– J'ai vu ressortir l'homme.
– Quand?
– Au début de l'après-midi.
– Il n'est pas rentré?
– Non.
– Montons! dit M. Wens.

La porte de la chambre nº 21 était fermée à clef. L'inspecteur y frappa à plusieurs reprises sans obtenir de réponse. Alors, de trois coups d'épaule bien appliqués, il la fit sauter de ses gonds. Elle s'abattit avec fracas à l'intérieur de la chambre.

Celle-ci était plongée dans l'obscurité la plus complète. M. Wens tira une lampe électrique de sa poche et un pinceau lumineux balaya la fenêtre. Le store en avait été baissé et les rideaux – des rideaux de peluche lépreuse – étaient tirés.

M. Wens promena la lueur de sa lampe de droite et de gauche, puis poussa une sourde exclamation. Dans un coin de la pièce, recouverte d'une courtepointe tachée de sang, il venait de distinguer une forme humaine étendue.

Tendant sa lampe à l'un de ses compagnons, il s'élança et souleva la courtepointe. Il aperçut alors Asuncion étendue sur le dos. Elle était étroitement ligotée avec un drap de lit lacéré en bandes étroites et un bâillon était profondément enfoncé dans sa bouche. Elle paraissait sans connaissance.

L'instant d'après, l'inspecteur l'avait libérée et portée sur le palier avec l'aide de ses compagnons. Il envoya l'un d'eux chercher un cordial et le chargea par la même occasion de ramener la femme de chambre de l'Espagnole.

Il fallut de longs et patients efforts pour ranimer Asuncion. Enfin elle rouvrit les yeux, se passa lentement la main sur le front, regarda l'inspecteur penché sur elle, sa femme de chambre qui hochait la tête avec compassion, les deux chauffeurs.

Et la mémoire parut lui revenir brusquement.

– *Madre!* s'écria-t-elle, Jean!...

Elle saisit fébrilement les mains de M. Wens :

– Sauvez-le! Il faut que vous le sauviez!... *Il* est parti le tuer!...

– *Il* vous l'a dit?...

– Oui, oui... Quelle... Quelle heure est-il?

– Près de 6 heures.

– Voilà quatre heures qu'*il* m'a quittée... Oh! Dieu, vous ne lui laisserez pas commettre ce dernier crime!...

Elle avait lu dans les yeux de M. Wens qu'il savait maintenant, lui aussi.

– Mettez-vous en quête d'un téléphone, ordonna le détective à l'un des chauffeurs. Vous appellerez le Palais de Justice... M. Voglaire, juge d'instruction... Vous lui demanderez, de ma part, si l'on a des nouvelles de Walter, de l'inspecteur Walter... S'il sait où se trouve maintenant M. Perlonjour... Allez, ne perdez pas une seconde!

Et, revenant à Asuncion :

– Comment l'avez-vous rencontré, comment vous a-t-il entraînée ici?...

– Hier soir, je voulais parler à M. Senterre... Oui, j'avais une réponse à lui donner... Mais, comme je pénétrais dans le vestibule, je croisai un homme, un homme que je reconnus... Comme je m'apprêtais à crier ma surprise, il me saisit le poignet et m'entraîna, m'ordonnant de garder le silence... Je compris très vite, monsieur Wens, mais il me menaça, si je parlais, de tuer Jean... Il m'accompagna chez moi et osa me faire part de ses projets... J'y étais associée!... Je voulus le chasser, mais il était plus fort que moi... Il m'enjoignit de le suivre, me menaçant à nouveau, si je ne lui obéissais pas immédiatement, de faire une nouvelle victime... Il prétendait savoir où trouver Jean... Entre ses mains, je n'étais rien. Je le suivis. Il m'amena ici. Tout le reste de la nuit, il s'appliqua à me terroriser, à me réduire à sa volonté... Je me défendais comme je pouvais... Enfin il me dit qu'il allait tuer Jean et me réduisit à l'état d'impuissance où vous m'avez trouvée...

Un sanglot monta dans la gorge de la jeune femme :

– Monsieur Wens! Monsieur Wens!... Vous le sauverez, n'est-ce pas?...

L'inspecteur se releva :

– Je vous promets du moins de l'essayer... Je vous confie à votre femme de chambre... Si, si, il faut que vous restiez ici... Vous ne me seriez d'aucun secours...

A ce moment, le chauffeur que M. Wens avait envoyé téléphoner reparut.

– L'inspecteur Walter a donné de ses nouvelles au juge d'instruction. M. Perlonjour se trouve actuellement dans l'appartement de M. Senterre.

Vorobeïtchik se précipita aussitôt dans l'escalier.

« Mon Dieu, pensa-t-il, faites que j'arrive à temps! »

Quand il atteignit la rue, l'orage était dans son plein.

Perlonjour acheva son cocktail et alla à la fenêtre. La pluie ruisselait sur les carreaux. De seconde en seconde la plainte du vent se faisait plus déchirante.

Le jeune homme sourit : maintenant qu'il attendait son apparition, il comprenait que ce qui l'avait attiré dans l'appartement de Senterre, c'était le désir confus de rencontrer l'assassin.

Il prêta soudain l'oreille : il lui semblait entendre marcher sur le palier.

Il alla vers la porte sur la pointe des pieds, mais en

était encore éloigné de cinq ou six pas lorsqu'elle s'ouvrit brusquement.

– Ce n'est rien, fit une voix. C'est moi, Wens.

L'inspecteur referma la porte et s'approcha de Perlonjour. Il était ruisselant.

– Pardonnez-moi, je vous ai injustement soupçonné! dit-il en tendant spontanément la main au jeune homme. Je sais à présent qui est l'assassin... Nous allons l'attendre ensemble...

Une foule de sentiments contradictoires assaillirent Perlonjour.

Il dit, après un temps :

– C'est inutile. Il ne viendra plus...

Sa voix trahissait un amer regret.

– Et pourquoi ne viendrait-il plus?

– Il vous aura vu entrer...

– Je ne crois pas, car j'ai emprunté le chemin pris par lui après le meurtre de Nestor Gribbe. Je suis entré par une maison voisine et venu par les toits... C'est pour cela que je suis mouillé.

Perlonjour prêta l'oreille...

– Je crois que l'orage a cessé...

– C'est lui qui vous a sauvé. *Il* ne tardera plus guère maintenant... Êtes-vous armé?

– Non.

– Alors c'est moi qui me placerai près de la porte...

Les deux hommes se turent. Un profond silence avait succédé à l'orage.

Pour rompre l'angoisse de leur attente immobile, Perlonjour interrogea, au risque de s'attirer les foudres de l'inspecteur :

– Ne voulez-vous pas me dire qui... qui... qui c'est?

– Inutile. Vous ne me croiriez pas. Au reste vous allez le voir bientôt...

– Mais comment savez-vous?...

– Par quelques mots de réponse du capitaine de *L'Aquitaine*... Maintenant, ne dites plus rien.

« *L'Aquitaine*... Que vient faire là-dedans *L'Aquitaine*? » se demanda Perlonjour.

Et puis une idée folle se présenta à son esprit :

« C'est vrai qu'on n'a pas retrouvé le cadavre de Namotte, qu'on ignore encore exactement comment il est mort... Et s'il n'était pas mort?... *Si c'était Namotte qui...?* »

Il secoua la tête :

« Allons, je divague... »

Et, dans l'instant, un frisson lui courut le long du dos.

De l'autre côté de la porte, il y avait eu un frôlement... Le monstre était là.

Perlonjour se laissa aller contre le dossier d'un fauteuil. Il avait les jambes coupées aux genoux par l'émotion, *la peur*. Jamais il n'eût pensé qu'une présence proche pût être si terrible...

Dans l'ombre il aperçut la main de l'inspecteur monter doucement vers la poignée de la porte, l'atteindre.

M. Wens se retourna et, dans un souffle :

– Prenez ma lampe électrique... Là, dans la poche gauche de mon veston... Sitôt la porte ouverte, dirigez-en le jet devant vous, sur *lui*...

Puis :

– Êtes-vous prêt?

– Oui.

D'un coup, l'inspecteur tira le battant à lui et le pinceau de la lampe électrique happa un visage dans l'ombre.

– Pas un geste... ou je tire!

Mais un grand rire retentit et le visage, un instant décelé par la lumière, replongea dans l'ombre. Presque aussitôt, un pas précipité fit gémir les marches de l'escalier.

D'un bond, M. Wens fut sur le palier et tourna le commutateur. Penché sur la rampe, il leva son browning et abattit, d'une balle entre les épaules, l'homme qui descendait.

Puis, il se retourna vers Perlonjour, dont le visage trahissait encore l'épouvante d'avoir reconnu l'autre visage.

– R. I. P.! dit-il. J'espère que, cette fois, il est bien mort!...

XXV

LA PAROLE EST À M. WENS

Vorobeïtchik était satisfait : cela se voyait au pli impeccable de son pantalon.

– En fait, ce qui éveilla d'abord mes soupçons, ce fut la disparition de la courtepointe, tout le côté rocambolesque de l'enlèvement... Mais, naturellement, j'étais encore loin de penser à la culpabilité de Gernicot.

Il versa une demi-goutte d'eau à ressort dans son whisky, alluma une cigarette et reprit :

– Je me demande à présent comment je ne fus pas plus vite alarmé de tant de mise en scène... Et puis on retrouva son corps – ce que, du moins, nous crûmes être son corps – et je ne pensai pas tout de suite à examiner soigneusement les tatouages...

– Ce sont toutefois eux qui vous ont fait câbler au capitaine Lesly?

– Oui. Je le priai de rechercher si, lors du dernier voyage de *L'Aquitaine*, l'équipage ne comptait pas un matelot dont la poitrine fût ornée de tatouages identiques à ceux que portait celle de Gernicot. Il me répondit, vous vous en souvenez, qu'un marin répondant au signalement fourni par moi ne s'était pas réembarqué; il s'appelait Rafaël Hermance et avait des antécédents douteux... Dès lors, j'étais sûr de mon fait.

– Mais comment l'idée vous vint-elle que le corps retiré du canal n'était peut-être pas celui de Gernicot?

– A cause d'une simple phrase prononcée par Gernicot lui-même, le jour de son retour, et que me rapporta notre ami Senterre... Celle-ci : « Il y avait, à bord de *L'Aquitaine*, un matelot passé maître dans l'art des tatouages, et c'est à lui que je me suis adressé. » Par conséquent, les tatouages devaient être récents, l'un des deux, tout au moins, devait l'être... Or, le spécialiste que je chargeai d'examiner ceux du cadavre repêché me déclara qu'ils étaient certainement vieux de six ou sept ans. La blessure de l'avant-bras, par contre, *cette blessure que Gernicot ne portait pas lors de son retour*, était toute fraîche. Je fis analyser le sang du noyé. *Sang O appartenant à un sujet sain.* Chose étrange, ce détail, qui eût dû achever de me convaincre que je me trouvais en présence du cadavre de Gernicot, me mit, au contraire, la puce à l'oreille. Pourquoi cette blessure *fraîche,* en effet, *et superficielle?* Elle ne s'expliquait pas si Gernicot avait quitté, mort, la maison de Senterre. Et elle ne s'expliquait pas davantage s'il l'avait quittée moribond. Fallait-il supposer qu'elle lui avait été faite par son ravisseur? Mais pourquoi?... Elle présentait l'aspect d'une incision tôt cicatrisée comme en aurait fait volontairement un homme décidé à se trancher les veines, ou mieux, *à se procurer une certaine quantité de son propre sang.* Je ne comprenais pas davantage pourquoi le meurtrier de Gernicot s'était laissé voir avec tant de complaisance, faisant admirer ses lunettes aux verres fumés et sa barbe rousse. Il y avait également ces sifflements répétés entendus par Senterre et par vous, madame, et qui ressemblaient diablement à des signaux. La presque impossibilité, enfin, d'enlever un agonisant et de le transporter sur ses épaules... Rappelez-vous que l'ascenseur, ce jour-là, ne marchait pas.

M. Wens vida son verre et poursuivit :

– Et pourquoi ce tatouage : *A Frida, pour la vie*? Un homme comme Gernicot ne jure pas d'éternel amour à des Frida, surtout lorsqu'il est marié à une femme qu'il aime et dont la rencontre causera finalement sa perte. Les trésors enterrés, d'autre part, c'est rudement vieux jeu et je cherchai, à ces tatouages, d'autres causes, d'autant que le médecin légiste n'était pas certain du tout que la tête du cadavre repêché eût été broyée par l'hélice d'un remorqueur... Elle avait pu l'être avant son immersion, par l'assassin. Sur ces données et quelques autres, j'envisageai l'affaire sous un angle nouveau et je suis à même aujourd'hui de vous donner tous les éclaircissements possibles sur la conduite de l'assassin...

L'inspecteur alluma une nouvelle cigarette avant de poursuivre :

– Quel est le seul d'entre vous qui avait la possibilité d'assassiner Namotte? Gernicot, puisqu'il se trouvait sur le bateau avec lui. Je crois que l'on peut faire remonter l'origine de ses projets meurtriers à ce jour où il vous rencontra, madame, aux îles Bermudes. Déjà il avait décidé de se faire passer pour mort et de se servir de vous pour arriver à ses fins... Oh! je pense qu'il vous aimait, si un tel être est capable d'amour! A la réflexion, il vous aimait certainement – mais il ne vit d'abord en vous que le moyen de mettre ses desseins à exécution, d'entrer en possession de la fortune de ses amis... Il comptait en effet – vous me l'avez dit vous-même – que vous hériteriez, puisque vous étiez sa *veuve* et que vous aviez les mêmes droits que ses victimes à la fortune qu'il convoitait. Il aurait alors laissé passer quelque temps et, par un moyen ou un autre, vous aurait attirée à l'étranger. Dès lors il vous tenait entre ses griffes, vous et les millions de ses amis... Mais le sort en décida autrement, vous l'avez rencontré au moment où il venait d'assassiner Senterre, il perdit la tête, joua son va-tout...

– J'aimerais vous entendre parler de son retour, dit Perlonjour.

– J'y arrive. Il y avait donc, à bord de *L'Aquitaine*, un matelot habile dans l'art des tatouages et qui portait lui-même sur la poitrine les marques que vous a montrées Gernicot. Ce dernier s'aboucha avec Hermance, lui promit sans doute une partie de la fortune qu'il comptait s'approprier et n'eut guère de peine à s'assurer de sa complicité. Son plan était alors minutieusement dressé et il avait déjà décidé de tuer ce complice, de faire croire, grâce à lui, à sa propre mort. Aussi se fit-il tatouer les mêmes marques que portait Hermance et se présenta-t-il chez Senterre, certain du succès. Cependant il se préparait à jouer ce soir-là sa plus grosse partie. Il avait admirablement composé son personnage, combiné ses effets. Toutes ses mesures – jusques et y compris le débranchement du téléphone de Senterre – étaient prises. Hermance avait loué une chambre à l'hôtel des Deux-Eglises et là, caché aux yeux de tous, avait mis des lunettes aux verres fumés et une barbe postiche, pour répondre au signalement fourni par Gernicot à Senterre. Hermance devait attendre que son complice ouvrît lui-même la fenêtre d'en face et s'y présentât. Il devait alors tirer sur lui en ayant soin de se faire voir. Il devait, bien entendu, *tirer à blanc* et puis s'enfuir... Gernicot, lui, se réservait de semer la crainte dans l'esprit de Senterre, de le préparer en quelque sorte à son propre assassinat... Là-dessus – circonstance imprévue – un orage éclata.

M. Wens fit une pause et Asuncion se pencha vers lui :

– Un peu de whisky?

– Merci, oui! Ah, que cet orage me causa de tracas!

Je ne comprenais pas. Je ne comprenais pas, pour cette excellente raison que, parmi tant de mensonges, Gernicot était sincère lorsqu'il prétendait craindre l'orage plus que tout au monde... Ce démon du mal avait cette faiblesse : les éclairs, le fracas du tonnerre lui enlevaient tous ses moyens... Voilà donc Gernicot effondré dans un fauteuil et incapable de mettre son plan à exécution avant que l'orage ait pris fin. Alors son complice s'impatiente et siffle, d'une façon convenue, pour attirer son attention. Gernicot, tentant de surmonter sa faiblesse, débite sa petite histoire, exhibe les tatouages grâce auxquels on verra même une raison à l'enlèvement de son corps... Cependant Hermance siffle une deuxième fois et, comme l'orage est enfin terminé, Gernicot va à la fenêtre, l'ouvre toute grande, s'y place bien en évidence. Hermance tire. Gernicot tombe, ses mains crispées sur sa poitrine. Dans l'une de ces mains, il tient une petite vessie remplie *de sang appartenant à Hermance* et que ce dernier, abusé par quelque habile mensonge, a consenti à lui donner, peu de temps auparavant, en se blessant à l'avant-bras. Gernicot la crève. Le sang coule. Comment eussiez-vous pu avoir alors le moindre soupçon? Il se fait porter sur le lit, *mais refuse d'ôter les mains de sa plaie...* pour cette excellente raison qu'il ne porte pas de plaie. Puis, avec une adrese remarquable – et avec votre involontaire complicité, madame – il écarte son ami Senterre. Par une question, il s'assure qu'il est bien seul avec vous et réclame un verre d'alcool. Pourquoi de l'alcool? Parce que vous serez obligée de l'aller chercher au salon et de quitter un instant la chambre à coucher. Sitôt que vous avez le dos tourné, il saute du lit et se glisse derrière la porte de communication. Comme vous rentrez dans la chambre à coucher, il vous assaille par-derrière et vous réduit à l'impuissance. Dernière précaution : il emporte la courtepointe afin de donner à penser que le ravisseur y a enveloppé son corps... Et le tour est joué. La nuit même ou le lendemain, il s'en prend à son complice Hermance. Il le tue d'une balle dans la poitrine et le défigure avant de jeter son cadavre dans le canal. Dès lors, il est bien tranquille : qui donc pourrait s'aviser qu'il est encore vivant ? Et il continue son œuvre de mort. Il assassine Gribbe comme je vous l'ai expliqué le jour du meurtre. Par excès de prudence, il commet la faute de s'introduire chez Senterre et de glisser dans les bagages de Namotte une soi-disant accusation contre un certain John Smith. Il n'a pas écrit cette lettre lui-même – j'ai eu, depuis, l'occasion d'examiner son écriture –, il l'a fait faire sans doute par un expert en faux, et cela aurait, en somme, tourné à son avantage si je n'avais examiné les bagages de Namotte la nuit suivant celle du *meurtre* de Gernicot. Lorsque Tignol atterrit au champ d'aviation d'E..., le meurtrier est là, aux aguets, comme il fut aux aguets dès le retour de Gribbe. Il attend l'occasion. Elle ne tarde pas à se présenter lorsque l'aviateur fuit l'aérodrome. Il gagne, avant lui, la sortie dérobée, l'attire dans son auto, roule vers le village de S..., simule une panne qui fait descendre Tignol de voiture, et l'abat de deux coups de revolver et jette son corps dans le fossé. Sûr de l'impunité, son audace va croissant. Suprême coquetterie d'un maniaque du crime : il avertit Senterre que son tour est venu. Senterre, au lieu de faire appel à moi, décide de lutter seul contre l'assassin et peut-être aurait-il eu le dessus, en fin de compte, sans cette surprise qu'il éprouva à découvrir les traits de l'assassin et qui l'empêcha de tirer immédiatement... Et puis Gernicot s'enfuit et vous rencontre, madame. Il perd la tête...

M. Wens sourit des yeux :

– ... et M. Perlonjour sera le premier à convenir qu'on perdrait la tête à moins. Cette rencontre imprévue a détruit le plan du meurtrier. Il décide de parer au plus pressé, vous entraîne dans son sordide logement et vous réduit à l'impuissance. Que faire? Il se doute que la police va profiter sans tarder de la faute qu'il a commise en montant dans un des taxis stationnant auprès de votre demeure. Il pourrait fuir, fuir tout de suite, et aurait encore gagné la partie... partiellement puisque la fortune convoitée eût été partagée en quatre au lieu de l'être en neuf et qu'il conservait l'espoir de vous attirer un jour à l'étranger. Mais un facteur psychologique entre en jeu. Gernicot sait que vous ne l'aimez plus, que vous le haïssez même, que son ami Perlonjour l'a remplacé dans votre affection. A sa haine, se greffe une violente jalousie. Il veut « la peau » de son ancien ami comme « il a eu » celle des autres. De son côté Perlonjour recherche l'assassin. Comme l'aimant attire le fer, vous vous attirez l'un l'autre. Mais le succès de l'entreprise – si j'ose ainsi m'exprimer – dépendait de la rapidité avec laquelle elle serait menée...

Vorobeïtchik écrasa sa cigarette :

– Monsieur Perlonjour, vous étiez à sa merci. Désarmé, qu'eussiez-vous pu contre lui? Rien, n'est-ce pas? Alors une espèce de miracle se produit... Oui, vraiment, une espèce de miracle... Un orage éclate... Voilà notre homme hors de combat pour un temps X, ce qui me permet de courir à l'appartement de Senterre et de vous secourir...

Il y eut un silence.

– Et dire, madame, reprit humblement le détective, que je suis allé jusqu'à vous soupçonner! Je voyais en effet l'intérêt que vous aviez à être la femme de Gernicot, *sans penser à l'intérêt qu'il avait, lui, à être votre mari...* Une âme perdue, voilà ce qu'il était... Songez à son infernale audace! Lorsqu'il disait à Senterre : « Tu es un homme mort, toi aussi tu es condamné », il savait que Senterre mourrait de sa main... Je ne pouvais me résoudre à me représenter cela... Une telle noirceur!... Décidément, j'ai encore beaucoup à apprendre de la vie et de ceux qui font profession de l'ôter à leurs semblables!

Il se leva :

– Excusez-moi, je dois vous quitter... Il est tard, très tard... Je vous souhaite un bonheur sans nuages.

Bruxelles, mars 1930.

APPENDICE

Ce roman a été porté à l'écran, en 1941, sous le titre : LE DERNIER DES SIX.

Metteur en scène : Georges LACOMBE.

Adaptation et dialogues : Henry-Georges CLOUZOT.

Musique : Jean ALFARO.

Décors : André ANDREIEW.

Interprètes principaux : Pierre Fresnay *(M. Wens)*; André Luguet *(Senterre)*; Jean Chevrier *(Perlonjour)*; Lucien Nat *(Gernicot)*; Jean Tissier *(Tignol)*; Georges Rollin *(Gribbe)*; Raymond Segard *(Namotte)*; Michèle Alfa *(Asuncion)*; Suzy Delair, Pierre Labry, René Génin, etc.

⁂

Le chapitre XII de ce roman – *Le mort dans l'ascenseur* – a été porté à l'écran, en 1952, sous le titre : *L'alibi de M. Wens,* premier volet d'un film en trois sketches intitulé : *BRELAN D'AS.*

Metteur en scène : Henri VERNEUIL.

Adaptation et dialogues : Jacques COMPANEEZ.

Interprètes principaux : Raymond Rouleau *(M. Wens)*; Maurice Teynac, Arlette Merry, Jacqueline Porel, René Génin, Robert Lussac et un ascenseur.

LE MASQUE

BACHELLERIE
1791 L'île aux muettes
(Prix du roman d'Aventures 1985)
1795 Pas de quoi noyer un chat
(Prix du Festival de Cognac 1985)
1796 Il court, il court, le cadavre
1800 La rue des Bons-Apôtres

BRETT Simon
1787 Le théâtre du crime
1813 Les coulisses de la mort
1858 Chambres avec vue sur la mort
1894 Qui portera le chapeau?
1929 Touche pas à mon système

BURLEY W.J.
1762 On vous mène en bateau

CHRISTIE Agatha
(86 titres parus, voir catalogue général)

EXBRAYAT
(96 titres parus, voir catalogue général)

GRISOLIA Michel
1838 Les sœurs du Nord
(Prix du Roman d'Aventures 1986)
1846 L'homme aux yeux tristes
1847 La madone noire
1874 La promenade des anglaises
1890 650 calories pour mourir
1907 Nocturne en mineurs
1930 Question de bruit ou de mort

HALTER Paul
1878 La quatrième porte
(Prix du Festival de Cognac 1987)
1922 Le brouillard rouge
(Prix du roman d'Aventures 1988)
1931 La mort vous invite

HAUSER Thomas
1853 Agathe et ses hommes

JONES Cleo
1879 Les saints ne sont pas des anges

LECAYE Alexis
1963 Un week-end à tuer *(juil. 89)*

POURUNJOUR Caroline
1746 Des voisins très inquiétants
(Prix du Festival de Cognac 1984)

RENDELL Ruth
1589 Étrange créature
1601 Le petit été de la Saint Luke
1640 Un amour importun
1718 La fille qui venait de loin
1747 La fièvre dans le sang
1773 Qui ne tuerait le mandarin?
(voir également la série Reines du Crime)

SALVA Pierre
1828 Le diable au paradis perdu

SMITH J.C.
1715 La clinique du Dr Ward

TAYLOR Elizabeth A.
1810 Funiculaire pour la morgue

TERREL Alexandre
1733 Rendez-vous sur ma tombe
1749 Le témoin est à la noce
(Prix du Roman d'Aventures 1984)
1757 La morte à la fenêtre
1777 L'homme qui ne voulait pas tuer
1792 Le croque-mort de ma vie
1801 Le croque-mort s'en va-t-en bière
1822 Le croque-mort et les morts vivants
1867 Le croque-mort et sa veuve
1904 Enterrez le croque-mort!
1925 Le croque-mort a croqué la pomme

THOMSON June
1594 Le crime de Hollowfield
1605 Pas l'un de nous
1720 Claire... et ses ombres
(Prix du Roman d'Aventures 1983)
1721 Finch bat la campagne
1742 Péché mortel
1769 L'inconnue sans visage
1781 L'ombre du traitre
(voir également la série Reines du Crime)

TRIPP Miles
1790 Tromper n'est pas jouer

UNDERWOOD Michaël
1817 Trop mort pour être honnête
1842 A ne pas tuer avec des pincettes

VARGAS Fred
1827 Les jeux de l'amour et de la mort
(Prix du Festival de Cognac 1986)

WYLLIE John
1752 Pour tout l'or du Mali

Le Club des Masques

ARNARD Robert
35 Du sang bleu sur les mains
57 Fils à maman

ASSELLS John
65 Solo pour une chanteuse

HRISTIE Agatha
(86 titres parus, voir catalogue général)

URTISS Ursula
25 Que désires-tu Célia ?

IDELOT Francis
24 La loi du talion
88 Le double hallali

NDRÈBE Maurice Bernard
12 La vieille dame sans merci
43 Gondoles pour le cimetière

XBRAYAT
(96 titres parus, voir catalogue général)

ERM Betty
40 Le coupe-papier de Tolède

ERRIÈRE Jean-Pierre
15 Cadavres en vacances
36 Cadavres en goguette

OLEY Rae
27 Requiem pour un amour perdu

INXMAN Margaret
42 Le cadavre de 19 h 32 entre en gare

RUGER Paul
53 Au bar des causes perdues
13 Brelan de femmes

EBRUN Michel
34 La tête du client

ONG Manning
19 Noël à l'arsenic
29 Pas d'émotions pour Madame

OVELL Marc
7 Le fantôme vous dit bonjour

ONAGHAN Hélène de
2 Noirs parfums

MORTON Anthony
545 Le baron les croque
546 Le baron et le receleur
547 Le baron est bon prince
548 Noces pour le baron
549 Le baron se dévoue
550 Le baron et le poignard
552 Le baron et le clochard
553 Une corde pour le baron
554 Le baron cambriole
556 Le baron bouquine
558 L'ombre du baron
560 Le baron riposte
563 Le baron voyage
565 Le baron est prévenu
559 Le baron passe la Manche
566 Le baron et les œufs d'or
567 Un solitaire pour le baron
569 Le baron aux abois
570 Le baron et le sabre mongol
571 Le baron et le fantôme
573 Larmes pour le baron
574 Une sultane pour le baron
579 Piège pour le baron
580 Le baron risque tout
581 Le baron et le masque d'or

PICARD Gilbert
450 Demain n'est qu'une chimère

RATHBONE Julian
511 A couteaux tirés

RENDELL Ruth
523 La police conduit le deuil
539 La maison de la mort
551 Le petit été de la St. Luke
576 L'enveloppe mauve

RODEN H.W.
526 On ne tue jamais assez

SALVA Pierre
475 Le diable dans la sacristie
484 Tous les chiens de l'enfer
503 Le trou du diable

SIMPSON Dorothy
533 Le chat de la voisine
STEEMAN Stanislas-André
586 L'assassin habite au 21 *(fév. 89)*
587 Six hommes morts *(avril 89)*
588 Le condamné meurt à 5 heures *(juin 89)*
STUBBS Jean
507 Chère Laura
THOMSON June
521 La Mariette est de sortie
532 Champignons vénéneux
577 Pas l'un de nous
UNDERWOOD Michaël
462 L'avocat sans perruque
531 La main de ma femme
538 La déesse de la mort
WAINWRIGHT John
522 Idées noires
WILLIAMS David
541 Trésor en péril

IMPRIMÉ EN FRANCE PAR BRODARD ET TAUPIN
Usine de La Flèche (Sarthe).
ISBN : 2 - 7024 - 1904 - 6
ISSN : 0768 - 0380

H 31/0717/4